rororo

MIT GESCHICHTEN VON:

Markus Barth

Martina Brandl

Dietrich Faber

Frank Goosen

Mia Morgowski

Hans Rath

Tex Rubinowitz

Matthias Sachau

Sebastian Schnoy

Frank Schulz

Stefan Schwarz

Oliver Uschmann & Sylvia Witt

Mark Werner

Jenni Zylka

FRANK GOOSEN
MIA MORGOWSKI
MATTHIAS SACHAU
u. a.

Die schlimme Zeit zwischen Aufstehen und Hinlegen

Rowohlt Taschenbuch Verlag

HERAUSGEGEBEN VON
MARCUS GÄRTNER

Veröffentlicht im Rowohlt Taschenbuch Verlag,
Reinbek bei Hamburg, April 2014
Copyright © 2013 by Rowohlt Verlag GmbH,
Reinbek bei Hamburg
Umschlaggestaltung any.way, Cathrin Günther,
nach einem Entwurf von
HAUPTMANN & KOMPANIE Werbeagentur, Zürich
(Illustration: Michael Sowa)
Satz Lexikon No1 PostScript, InDesign,
bei Pinkuin Satz und Datentechnik, Berlin
Druck und Bindung CPI books GmbH, Leck
Printed in Germany
ISBN 978 3 499 23433 0

Inhalt

DIETRICH FABER

Die Auszeit

11

MARKUS BARTH

Ich geb dir mal die Lotti

23

JENNI ZYLKA

Blindschleichen

31

HANS RATH

Sicherheitslücken

41

TEX RUBINOWITZ

Zankapfel Apfel

55

SEBASTIAN SCHNOY

Privat bin ich Profi

67

MATTHIAS SACHAU

Tiefschnee

81

FRANK SCHULZ

St. Faber

95

MARK WERNER

Labude sucht und findet

107

FRANK GOOSEN

Ritter LOCKED

121

MARTINA BRANDL

Wechseljahre sind
keine Herrenjahre

139

OLIVER USCHMANN & SYLVIA WITT

Die innere Ruhe.
Eine Geschichte vom Land

149

MIA MORGOWSKI

Ordnung muss sein

171

STEFAN SCHWARZ

Mein Eifon

195

DIE AUTOREN

201

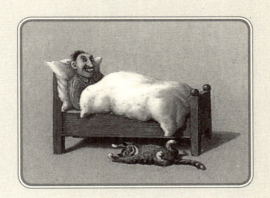

Dietrich Faber

Die Auszeit

Manchmal ist die Zeit zwischen Aufstehen und Hinlegen wahrlich ein mühselig Ding. Da zeichnet einem der Alltagsstress auch schon mal die eine oder andere Belastungsfalte auf die Stirn.

Ein Abgabetermin drängt. Ich muss einen Text bei meinem Verlag abgeben.

Zu viel strömt derweil auf mich ein. Ich bekomme keinen klaren Gedanken gefasst, von einer Idee ganz zu schweigen. Von einer küssenden Muse bin ich sehr weit entfernt, nicht einmal Händchen hält sie.

Ich muss weg.

Ruhe, Abgeschiedenheit, das ist es, was der Poet in mir nun braucht. Und der Rest von mir will sich wohlfühlen. Also beschließe ich, ein hübsches, abgelegenes sogenanntes «Wellness-Hotel» für zwei Übernachtungen zu buchen.

Euphorisch über meinen Entschluss, beginne ich sofort mit der Recherche. Geht ja schließlich heute alles so supereasy mit dem Internet.

Schnell stelle ich fest, dass inzwischen alle Hotels «Wellness-Hotels» sind. Hat eines einmal keinen Whirlgrottenpoolduschensaunaoasenwohlfühlbereich im Keller oder noch nicht einmal ein Waschbecken im Zimmer, dann wirbt es eben damit, dass man ja ins 11 Kilometer entfernte Hallenbad fahren könne, ergo: Wellness-Hotel.

Die Auszeit

Alle für mich auf den ersten Blick interessanten Hotels «bookmarke» ich und nominiere sie für eine engere Auswahl, die ich dann später mit Hilfe von holidaychecktrip-advisordingsbums-Seiten und Kundenrezensionen intensiv durchleuchten möchte.

Sieben Stunden später fällt mir aber erst einmal mein Kopf auf das Notebook, und ich träume von Arrangementpaketen mit Frühstücksbeautybuffet am Superior-Panoramapool.

Tags darauf habe ich eine heiße Favoritenliste erstellt und Verfügbarkeiten in virtuellen Kalendern überprüft, sodass ich mich nun präpariert fühle, ein persönliches Telefongespräch mit den Mitarbeitern der betreffenden Hotels zu führen. Ausgeschlossen sind natürlich alle Hotels, die damit werben, «familär geführt» zu sein. Das macht mir eher Angst. Eine Familie habe ich schon. Genau genommen zwei, meine ursprüngliche und dann doch noch die selbst gegründete, da brauche ich für drei Tage keine dritte. Nein, ich möchte nicht jedes Mal, wenn ich an der Rezeption vorbeihusche, mütterlich abgefangen werden, was ich denn heute vorhätte oder wie mein Tag denn so war. Ich möchte vor allem nicht nach meiner Befindlichkeit gefragt werden und auch nicht mit Namen angesprochen werden. Ich will nur eine Zimmernummer sein. Ich möchte kühle, unpersönliche Professionalität in einem großen Hotelkettenhaus und so anonym wie möglich behandelt werden. Keine Ablenkung, da ich ja hart arbeiten muss.

Doch das hier, denke ich nach nun fast drei Tagen und Nächten harter Recherchearbeit ohne Wasser und Brot in meinem Arbeitszimmer, hinterlässt inzwischen auch schon erste Spuren der Erschöpfung.

Auch «die Lage des Hotels» darf natürlich nicht unterschätzt werden. Befahrene Straßen in unmittelbarer Nähe, sagen wir mal 10 Kilometer, werden von mir nicht akzeptiert. Hier dünnt sich dann die Vorauswahl doch merklich aus, stelle ich kritisch fest. Ich gebe zu, mit Spontanitätsromantik hat das nicht mehr viel zu tun. Doch hier geht es auch nicht um Romantik, sondern um Arbeit, auch wenn in vielen Wohlfühlweekendpaketen ein romantisches Viergang-Candlelight-Dinner mit Badewanne integriert ist.

Etwas wehmütig denke ich trotzdem an eine Zeit zurück, in der ich noch spontan war. Als unser Kind noch klein war und wir als Familie einfach mal «raus» fuhren. «Lass uns doch einfach mal rausfahren», pflegte mir damals meine Gattin zuzurufen.

«Ja», sagte ich dann, «das ist wirklich eine gute Idee, einfach mal so eben spontan rauszufahren.»

«Wir fahren heute ra-aus», frohlockten wir in Richtung unseres damals sechsjährigen Sohnes. Dann fuhren wir bei 68 Grad Außentemperatur mit defekter Klimaanlage zwei Stunden über dämliche Landstraßen, konnten uns nicht einigen, wo wir denn anhalten sollten, um dann schlussendlich an irgendeiner doofen Waldschneise anzuhalten und auf Ameisenhaufen zu picknicken.

Das war romantisch und spontan. Auch die Übernachtungsfrage entschieden wir lässig. Wir entdeckten einen radikal ländlich gelegenen Gasthof mit dem romantischen Namen «Zum Wilden Ochsen», dessen Einladungsschild «Fremdenzimmer. Eigene Hausschlachtung!» uns so gut

Die Auszeit

gefiel, dass wir uns hier unbedingt ein Zimmer nehmen mussten. Wir nahmen den Schlüssel in Empfang und betraten unseren begehbaren Aschenbecher mit Bett. Auch die leicht parfümierte Frotté-Bettwäsche schien eine lange Geschichte und vor allem die unserer Schlafvorgänger zu erzählen.

Spontan soll heute aber bitte nichts mehr sein. Jetzt wird geplant. Bitte keine Zufälle oder böse Überraschungen. Jetzt muss das Umfeld passen, damit ich entspannt und in Ruhe meinen Text schreiben kann.

Da ich mich inzwischen schon fünf Tage ohne Pause mit der Suche beschäftige, darf es nun auch kein mittelmäßiges Ergebnis mehr geben. Wie stehe ich denn da, wenn ich meiner Frau, die mich seit eben diesen fünf Tagen nicht mehr zu Gesicht bekam, auf die Frage, wo ich denn nun hinführe, antworten müsste: «In den Spessart.»

Es muss also eine wirklich große Lösung sein. Los Angeles oder Rio de Janeiro allerdings schließe ich aus, da ich ungern fliege und eine Schiffsreise mit dem Abgabetermin meines Textes kollidieren würde. Aber Meer und mindestens Insel sollte es nun schon sein.

Jetzt kürze ich mal ab:

Ich habe mich für die kleine romantische Ostseeinsel Usedom entschieden. Da wollte ich schon immer mal hin, und außerdem war dort auch der Olli Kahn mit der Katrin Müller-Hohenstein während der Fußball-EM so launig zugange.

Klar, acht Stunden Autofahrt können schon lang sein. Und wenn der eine oder andere Stau hinzukommt, kann so eine Autofahrt auch noch länger sein, denke ich, während ich zum neunten Mal die Nachrichten höre und sie nun fehlerfrei auswendig mitsprechen kann. Als ich wenig später auf einer überfüllten Raststätte einen Kaffee trinke und die Menschen so beobachte, freue ich mich einmal mehr darüber, dass wir eine repräsentative Demokratie haben und es bei wichtigen Fragen zum Glück sehr selten Volksabstimmungen gibt.

Dass Autobahn-Raststätten heute nicht mehr bloß Tankstellen mit Bratwurst und Klo sind, sondern sich zu topmodernen Eventerlebnisparks für die ganze Familie gemausert haben, wird mir wieder einmal klar, als ich meinen Blick auf die Raststättenwohlfühloase werfe: Italienische Espressobars und Burger Kings schlummern neben Kinderhüpfburgen und Spielcasinos. Selbstbedienungsrestaurants, Spielwarenkaufhäuser und Drogerien fristen ihr Dasein neben klobrillenselbstreinigenden Toiletten mit Prostata-Tabletten-Werbung an den Wänden. Ich bin sicher, in spätestens zehn Jahren wird man an Raststätten von Animateuren begrüßt werden, vor den Toiletten werden Bands spielen oder Hiphopper rappen, der Klomann wird die Pipi-Gäste mit Stand-up-Comedy-Programmen bespaßen, und der Fernfahrerduschbereich wird zur Saunalandschaft umgebaut. Ganze Familien werden ihren kompletten Sommerurlaub auf Autobahnraststätten verbringen.

Vielleicht hätte ich ja auch hier meine Kreativitätsauszeit buchen sollen, überlege ich, während ich an der Kasse stehe, meine Gutscheintoilettenbons der letzten vier Jahre zusammensuche und ein älterer Herr in Feizeithose hinter mir stehend den Körperkontakt mit mir mehr sucht, als es mir lieb ist. Ich bleibe gelassen und freue mich auf die endlose stille Weite der Ostsee.

Die Auszeit

Na ja, ganz so winzig scheint dieses Usedom dann doch nicht zu sein, stelle ich fest, als ich am späten Nachmittag mit ca. 2 Millionen anderen Autofahrern über die Hauptverkehrsroute der Insel fahre. Es sind Ferien in manchen Bundesländern, fällt mir dann ein. Zum Glück habe ich mein Hotel nicht in einem der bekannten Badeorte gebucht, sondern idyllisch abgelegen weiter westlich, «fernab der überladenen Touristenorte», wie es hieß.

Vielleicht war es doch ein Fehler, nach einem unfamiliären Hotel zu suchen. Ganz schön unübersichtlich hier, stelle ich fest, nachdem ich mein Auto im hoteleigenen Parkhaus abgestellt habe. Es wurde wohl in den letzten Jahren so einiges an das eigentliche Haupthaus angebaut. Siebzehn verschiedene Eingänge zähle ich bei meiner Suche nach dem Haupteingang. Irgendwann, nachdem ich schon die Wäscherei, die Tagungsräume und die Erlebnisduschen durchwandert habe, erreiche ich die Rezeption und erhalte meinen Schlüssel, der natürlich schon lange kein Schlüssel mehr ist. Es ist eine Karte, die die Tür öffnen sollte, eigentlich. Erst denke ich, ich bin blöd, dann denke ich, ich bin einfach nur müde und blöd, dann denke ich, der Schlüssel ist blöd. So lasse ich mir von der mit einem schicken Telefonheadset behängten Empfangsdame einen neuen geben, der seiner Pflicht deutlich besser nachkommt.

«Ach, Sie sind alleine?», werde ich im Speisesaal vom Personal begrüßt.

«Ja», antworte ich schüchtern und fühle mich, während umständlich das Zweitgedeck von meinem Tisch abgeräumt wird, wie Steve Martin in dem Film «Ein Single kommt selten allein». Dort betritt er ein Restaurant, und in dem Moment, in dem er dem Kellner mitteilt, dass er alleine gekommen sei, wird er von einem hellen Scheinwerferspot beleuchtet, die Gespräche an den übrigen Tischen verstummen schlagartig, und die Kellner räumen überlaut das überflüssige Geschirr ab.

«Es tut mir sehr leid, wir sind leider etwas überbucht. Wäre es in Ordnung, wenn Sie sich ausnahmsweise zu der Dame dort hinzusetzen könnten?»

Dies wurde leider nicht Steve Martin gefragt. Sondern ich.

Nein, ist es nicht, schreit es in mir. Ich will alleine sitzen und keine angespannte Konversation mit Fremden führen!!!

«Natürlich», antworte ich. «Kein Problem.»

Für die betreffende Dame ist es auch kein Problem. Ganz und gar nicht.

In der nächsten Stunde erfahre ich, dass sie aus dem Ostharz stammt, dort auch lebt, 32 Jahre verheiratet war, ihr Mann aber leider vor drei Jahren einem Herzinfarkt beim Grillsport erlag, sie nun endlich die Dinge tun kann, die sie schon immer mal machen wollte, Reisen nämlich, und Malen, ihr Mann habe sich darüber immer nur lustig gemacht, ob ich ihre Bilder denn mal sehen möchte, sie habe einige dabei, und dass ihre Kinder in Berlin lebten, sich aber nie melden würden und undankbar seien, sie vor drei Wochen beim Fallschirmyoga einen sehr netten Mann kennengelernt habe, der beim Sex allerdings geschlagen werden möchte, was sie zunächst irritiert habe, nun aber nach der Lektüre aller «Shades of Grey»-Bücher sehe sie das ganz anders und ob ich so etwas auch schon mal ausprobiert hätte.

Die Auszeit

«Was?», schrecke ich aus dem selbst gewählten Koma hoch und sage, dass ich katholischer Priester sei und nun dringend meine Predigt vorbereiten müsse.

Tatsächlich habe ich eine erste Arbeitseinheit noch für den Abend eingeplant. Doch nicht, bevor ich nicht den Wellnessbereich einmal aufgesucht habe. Ich lasse mir an der Rezeption einen Bademantel in Einheitsgröße reichen und Badeschuhe, die diesen Namen nicht verdienen. Den Bademantel trage ich bei meiner Körpergröße von 1,94 m als fesches Minikleid.

Ich freue mich sehr auf den ersten Moment der Ruhe nach diesem langen Tag und hocke mich in eine Sauna, in der ständig albern das Licht wechselt.

Ich schließe die Augen, atme tief durch, beginne zu schwitzen, bekomme tatsächlich wie aus dem Nichts eine erste Textidee, dann höre ich von einer der beiden älteren Damen, die über mir auf der Bank sitzen:

«Haste das gehört vom Günndä?»

«Puuh ja, schlimm, gelle?»

Oje, Landsfrauen, denke ich. Hessinnen. Muss ich 10 Stunden Auto fahren, um am Abend in der Sauna Hessisch zu hören? Ja, muss ich.

«Duut der einfach zum Arzt gehe, Routinedings ... und zack, Kräpps.»

«Näh, net Kräpps, Hirntumor.»

«Na, das is doch das Gleiche. Macht de Bock aach net fett, oder net?»

«Drei Woche späder ist er dooht. Zack!»

«Schlimm, schlimm!»

DIETRICH FABER

«So schnell kann's gehe.»

«Kerle, Kerle.»

«Hör mir uff.»

Ich höre auch uff, verlasse nach vier Minuten die Sauna, dusche mich ab, umbademantele mich mit meinem neckischen Kleidchen und verlaufe mich in den Neubaugängen des Hotels, ehe ich irgendwann mein Zimmer erreiche.

Die Schlüsselkarte ignoriert weiterhin konsequent ihren eigentlichen Zweck.

Ich batsche auf meinen nassen profillosen Schläppchen wieder zur Rezeption und beobachte, wie die bestimmt nicht einmal zwanzigjährigen Rezeptionistinnen ein Lachen unterdrücken und krampfhaft versuchen, mir nicht auf die nackten Beine zu gucken.

«Da scheint dann aber irgendwas mit der Tür nicht zu stimmen», sagt eine der beiden.

«Scheint es», antworte ich, nehme einen weiteren «Schlüssel» mit und meine, während ich der Rezeption den Rücken zudrehe, ein Kichern zu vernehmen.

Können Sie sich eigentlich vorstellen, wie viele Tonnen Handtücher jeden Tag in allen Hotels der Welt UNNÖTIG GEWASCHEN WERDEN und welch ungeheure Gewässer damit belastet werden.

Mit Ihrer Entscheidung, das Handtuch ein weiteres Mal zu benutzen, helfen Sie mit für eine saubere und bessere Umwelt.

Handtuch am Halter hängen lassen heißt: Ich benutze es ein weiteres Mal, Handtuch auf dem Fußboden heißt: Bitte waschen.

Ich kann mir das vorstellen und schmeiße alle Handtücher auf den Boden. Ich entscheide mich gegen einen Besuch in

Die Auszeit

der Hotelbar, da ich ja noch etwas arbeiten und meine großartige Idee ausarbeiten möchte, die ich eben in der Sauna hatte. Doch vorher lege ich mich noch kurz aufs Bett und überprüfe die Fernsehsendervielfalt. Markus Lanz kocht, das Publikum macht laut «Hmm», und ich schlafe ein, träume schlecht, wache am nächsten Morgen mit Rückenschmerzen auf und habe meine Idee vergessen.

Ich schleppe mich zum Frühstückssaal, sehe dort, wie die Sado-Maso-Ostharz-Dame wieder an «meinem» Tisch sitzt, verzichte spontan auf das Frühstück und gehe stattdessen gleich zum Meer, das ich aufgrund Tausender Strandkörbe zunächst gar nicht finde. Dann schlendere ich am Wasser entlang, erfreue mich an der Schönheit der Weite, bis mir ein Schild den Weg versperrt: «Achtung, Hundestrand!»

Ich habe zwar meinen zu Hause gelassen, fühle mich aber als Besitzer berechtigt, das Schild zu passieren. Wenig später wieder ein Schild: «Achtung, hier FKK!»

Was heißt das denn jetzt? Muss ich mich nun ausziehen oder umdrehen? Und was mache ich eigentlich, wenn ich nackt sein will *und* einen Hund habe? Oder wenn mein Hund eine Badehose tragen will? Fragen über Fragen. Diese vielen durch Schilder abgetrennten Sektoren erinnern doch stark an das alte Westberlin.

«Achtung, Sie verlassen jetzt Westberlin». Na ja, Polen ist ja auch gleich um die Ecke. Ich hole mir an einem Imbiss eine Bratwurst und frühstücke.

Zurück im Hotelzimmer, klappe ich mein Notebook auf und zwinge mich, mit dem Verfassen meines Textes zu beginnen. Doch das Zwingen hilft nicht viel. Mir fällt nichts ein. Ich mahne mich zur Geduld, esse die Gummibärchen, die auf meinem Kopfkissen zur Begrüßung lagen, und beobachte durch mein Fenster, wie ganz Deutschland zum Strandbaden anrückt. Milliarden Familien bevölkern die unschuldige Ostsee und deren Strand an diesem Ort «fernab der Touristenstrände».

Das Stimmengewirr ist so laut, dass ich mein Fenster schließe. Eine halbe Stunde später höre ich, der ich noch immer auf das leere Word-Dokument starre, von draußen ein so lautes «Wuhuuu», dass ich fast vom Stuhl kippe.

Ich gehe auf meinen Balkon und höre wieder: «Wuhuuu.»

Dann: «Wuhuuuu, hey Leute, liebe Kinder, auf geht's, es geht los, kommt alle zur Nivea-Fun-Beach-Bühne ... Wuhuuu.»

Ich blicke um die Ecke und sehe auf einer riesigen aufblasbaren blauen Gummibühne zwei gut gelaunte junge Menschen, die mit Mikrophonen bewaffnet die Gegend anschreien.

Folgsam kommen Hunderte von Erwachsenen mit ihren Kindern angerannt.

«Wuhhuuu», macht es dann wieder.

Und dann: «Wie ist die Stimmung?»

«Wööhhh», tönt es unterdrückt aus der Menge.

«Ich glaub, ich hab euch nicht gehört? Wiiiieeee ist die Stiiiiimuuuuung?»

Jetzt kreischen alle. Nein, nicht nur Kinder, auch gewöhnliche erwachsene Menschen.

Schnell eile ich vom Balkon zurück ins Zimmer, ich schließe noch einmal alle Fenster und Türen und ziehe die Vorhänge zu. Es hilft nichts. Es ist noch immer jedes Wort zu

Die Auszeit

hören. Kurz überlege ich, das «Bitte nicht stören»-Schild an mein Außenfenster zu hängen.

Ein Meer allein mit Strand, das also reicht wohl nicht mehr. Aus Angst davor, es könnte ein leises Meeresrauschen zu hören sein, wird in Mikrophone geschrien. Und die Leute mögen das auch noch. Die finden das toll und machen mit. Nun werden launige Strandspiele durchgeführt, beplärrt von eingespielter Musik.

An Tagen wie diesen kreischen die Punkspießer der ganz toten Hosen, und die Leute brüllen mit.

Ich werde nachdenklich. Sehr nachdenklich. Und dann resigniere ich.

Ich greife zu meinem Handy und rufe den Verlag an.

«Es tut mir sehr leid», sage ich, «aber ich muss leider für Ihr Buchprojekt absagen. Ich bekomme keinen Text zustande. Ich habe ... äh, eine Schreibblockade ...»

An Tagen wie diesen wünscht man sich Unendlichkeit, röhrt Campino unbeirrt weiter, sodass ich meinen Lektor kaum verstehen kann.

«Oh, das ist aber schade», sagt er bedauernd. «Aber machen Sie sich keine Sorgen, das geht vorüber. Fahren Sie doch einfach mal weg. Irgendwohin, wo es ruhig ist. Einfach mal ein Ortswechsel, das hat schon vielen Autoren geholfen. Vielleicht ans Meer oder so ... Hallo? Herr Faber? Hallooo? Sind Sie noch dran???»

Markus Barth

Ich geb dir mal die Lotti

Du musst deinen Festnetzanschluss abmelden», sagte meine dreijährige Nichte und sog an ihrer Zigarette. «Anders kriegen wir das Problem nie in den Griff!»

Dann legte sie auf. Ich stand noch eine Zeitlang mit dem Hörer in der Hand verdattert in meinem Wohnzimmer und fragte mich, was da eigentlich grade passiert war.

Aber von vorn.

Ich habe ein iPhone, und damit kann man eigentlich alles machen, außer telefonieren. Es ist paradox: Dieses Gerät kann Musik erkennen, Barcodes lesen, Bahnverbindungen heraussuchen und Fotos von meinen Freunden zu fetten Jabba-the-Hutt-Doppelgängern verzerren. Aber eine Telefonverbindung herzustellen und länger als drei Sekunden zu halten, das ist damit leider nicht möglich. Jedes Gespräch, das ich führe, endet mit einem: «Hallo? ... Hallo? Ich kann dich grade ganz schlecht ... Oh, jetzt biste wieder ... nee, doch nicht ... Ich versuch's später noch mal, okay?» Es liegt auch nicht am mangelnden Empfang. Ich wohne ja nicht im Hunsrück, wo Empfangsbalken noch aus Holz geschnitzt werden. Ich wohne in der Stadt! Ich habe Empfang zum Totschmeißen! Aber es ist völlig egal, wie fröhlich sich die fünf kleinen Striche auf meinem Display in die Höhe recken. Ich kann mich auch direkt unter einen Sendemast setzen oder mich neben den Angerufenen stellen, meine Gespräche klingen trotzdem immer wie Hilferufe aus nordafrikanischen Krisengebieten. Anscheinend ist Apple irgendwann in den letzten Jahren völlig unbemerkt aus der Telefonie-Branche ausgestiegen und hat sich ganz auf die Willenlose-Deppen-mit-überflüssigen-Apps-von-der-Arbeit-abhalten-Branche konzentriert. Ein extrem zukunftsträchtiger Markt, kein Zweifel, aber vielleicht sollte man dann konsequenterweise bei Gelegenheit mal das «Phone» aus dem «iPhone» streichen.

Ich wollte das Ding auch mal umtauschen, stand schon im T-Punkt, mit der Rechnung in der Hand und einer überzeugenden Umtausch-Strategie im Kopf («Sie geben mir sofort ein neues Telefon, oder ich nagle Sie an das rosane ‹T› vor Ihrem Laden!», wollte ich sagen. Wie man halt so sprechen muss mit der Deutschen Telekom, wenn man was erreichen will). Aber kurz bevor ich dran war, fiel mir ein ganz entscheidender Punkt ein: Ich *will* ja eigentlich gar nicht telefonieren!

Es ist die traurige Wahrheit und wird mit zunehmendem Alter immer schlimmer: Ich bin froh über jedes Telefongespräch, das ich nicht führen muss. All das Geplapper und Gebrabbel, all die Leute, die «nur mal kurz» was von mir wollen. Warum warten die nicht, bis sie mal *lange* was von mir wollen, und schreiben mir dann eine E-Mail? Denn mit dem Handy zu telefonieren ist ja auch eine körperliche Herausforderung: Im Winter muss man erst mühsam die

Handschuhe auszuziehen, und dann frieren einem die Finger
ab. Im Sommer dagegen glitscht das Ding schwitzig in der
Hand, und es gibt so ein kleines Schmatzgeräusch, wenn
man es vom Ohr wegzieht. Am schlimmsten finde ich Anrufe von sogenannten «Ohrwechslern». Das sind Menschen,
die so lange Gespräche mit einem führen, dass man das Ohr
wechseln muss, weil es einem sonst wegglüht.

Wegen genau solcher Anrufer habe ich also mein empfangs-
schwaches Handy behalten. Mittlerweile wissen alle, dass es
keinen Sinn hat, mich darauf anzurufen, und schreiben mir
lieber eine E-Mail. Falls ihnen dann überhaupt noch einfällt,
was sie «nur mal kurz» von mir wollten.

Leider verfüge ich auch noch über einen Festnetzanschluss.
Und der funktioniert einwandfrei. Ich vergesse das immer
wieder, bis ich dann sonntags gemütlich auf der Couch liege
und irgendwann vom mehrstimmigen Melodien-Inferno
meines «Siemens Gigasets» geweckt werde.

   Leute, die mich auf dem Festnetz anrufen, unterscheiden
sich deutlich von den Handy-Anrufern und lassen sich im
Grunde in drei Gruppen aufteilen:

1. Menschen, denen ihr eigener Anruf unange-
nehm ist.

Meistens sind das enge Familienmitglieder, die, wenn ich
mich endlich von der Couch aufgerappelt und das Telefon
irgendwo zwischen den Kissen gefunden habe, hektisch in
den Hörer brüllen:

   «Markus! Sag nix, ich stör dich, oder?»

Ich geb dir mal die Lotti

«Ähm, nein, ich ...»

«Nee, komm, ich hör doch, dass ich dich störe. Ich hab dich bestimmt grade irgendwo hergeholt, oder? Warste grade sehr beschäftigt? O Mann, das tut mir echt leid. Weißte was? Ich ruf einfach später noch mal an. Mach's gut. Und sorry noch mal, ist mir echt total peinlich.»

2. Menschen, die grade irgendwo so gemütlich zusammensitzen.

Das sind eher entfernte Verwandte, die mich anrufen und dann sagen: «Markus, schön, dich zu hören. Hier sind deine Großtante Ilse und der Werner aus Dittelbrunn. Wir sitzen hier gerade so gemütlich zusammen mit deinen Großcousins Hennes, Michi und Bernd und unserer Nachbarin, der Margot, essen Zwiebelkuchen und trinken Federweißen, und da dachten wir, wir rufen dich einfach mal an.»

«Ja ... das ist schön ... Ähm ... also ...»

«Warte mal, ich stell dich mal auf laut.»

(Wenn Sie mich mal richtig, richtig in den Wahnsinn treiben wollen, dann rufen Sie mich bitte an und stellen mich «auf laut». Ab dann kann nämlich, mikrophonbedingt, immer nur einer der Anrufteilnehmer gleichzeitig sprechen, was aber nie klappt, sodass die Gespräche meistens in einem Beckett'schen «Ich hab ...» – «Was wolltest ...» – «Hallo?» – «Nee, sprich du erst ...» – «Ich ... Hallo?» enden.)

3. Meine Schweige-Schwägerin.

Meine Schwägerin Monika ruft mich regelmäßig an, um folgendes Gespräch mit mir zu führen:

Sie: «Hallo, da ist die Monika.»

Ich: «Hallo, Monika!»

Pause.

Pause.

Pause.

Ich: «Ähm ... Wie geht's denn so?»

Sie: «Gut.»

Pause.

Pause.

Pause.

Ich: «Und ... was treibst du so?»

Sie: «Och. Nix.»

Sehr lange Pause.

Um's noch mal zu wiederholen: *Sie* ruft *mich* an. Erzählen mag sie mir scheinbar trotzdem nichts. Irgendwann verabschiedet sie sich dann mit einem «Schön, dass wir mal wieder geplaudert haben», und ich frage mich, ob es eigentlich eine offiziell anerkannte Definition von «plaudern» gibt.

Seit kurzem gibt es zu diesem Ritual noch eine Steigerung. Monika ist vor drei Jahren Mutter geworden, und bevor wir jetzt auflegen, sagt sie immer:

«Wart mal, ich geb dir mal die Lotti!»

Dann raschelt es am anderen Ende der Leitung, und ich höre ein gehauchtes: «Hallo?»

«Hey, Lotti ... Na? Wie geht's dir denn so?»

«Guuuut.»

Pause.

Pause.

Pause.

Ich geb dir mal die Lotti

Das war zumindest bisher immer so. Denn vor ein paar Tagen verlief das Gespräch ein bisschen anders.

Gerade als ich nämlich gefragt hatte: «Und, Lotti, was haste heute so gemacht?», gerade, als Lotti tief eingeatmet hatte und ein langgezogenes und ehrlich gesagt auch ein bisschen gelangweiltes «Gespiiiiiiieeeeeelt ....» geseufzt hatte, hörte ich, wie im Hintergrund eine Tür zufiel.

Und dann sagte eine ganz und gar nicht mehr kindliche Stimme:

«Okay, Mutti ist raus. Wir müssen reden.»

Ich stutzte: «Ähm, mit wem spreche ich gerade?»

«Na, wenn gerade meine Mutter und ich im Zimmer waren und ich sage ‹Mutti ist raus› – wer ist dann noch im Zimmer?»

«Lotti? Warum klingst du so ... anders?»

«Weil wir hier ein Problem zu lösen haben, da ist keine Zeit für ‹Kinderquatsch ohne Michael›. Also. Sehen wir's mal, wie es ist: Du hast keinen Bock, mit mir zu sprechen, und ich hab keinen Bock, mit dir zu sprechen. Richtig?»

«Ja, nee, *keinen Bock* trifft's eigentlich nicht», protestierte ich. «Ich mag dich ja, das weißt du doch hoffentlich. Und ich freue mich natürlich wahnsinnig ...»

«Wir haben keinen Bock, richtig?»

«Na gut, vereinfacht kann man das vielleicht so ...»

«So! Dann müssen wir uns jetzt nur noch überlegen, wie wir das meiner Mutter verklickern. Ich hab schließlich auch Besseres zu tun, als mit dir stundenlang am Telefon zu hängen. Meine Babyborn sieht aus wie Arsch! Ich komme ja nie zum Kämmen, wenn ich ständig für irgendwen irgendwas Süßes in den Hörer brabbeln soll.»

MARKUS BARTH

«Versteh ich», sagte ich. «Aber deine Mutter denkt halt, uns macht das Spaß.»

Ich höre ein metallisches Klicken im Hintergrund, dann einen tiefen Atemzug.

«*Rauchst* du?», fragte ich.

«Ich muss denken! Das geht einfacher mit Kippe.»

Einige Sekunden später sagte Lotti:

«Also pass auf. Könntest du meiner Mutter nicht einfach sagen, dass du Kinder hasst und nichts mit mir zu tun haben willst?»

«Aber das stimmt doch gar nicht. Ich hasse Kinder nicht.»

«Warum? *Ich* hasse Kinder, das kann ich dir sagen! Komm mal mit mir samstagmittags auf den Spielplatz im Stadtwald und lass dir von Ruben 1 bis 7 ein Schäufelchen über den Kopf ziehen – danach hasst du Kinder auch, versprochen!»

Ich überlegte kurz, dann schüttelte ich den Kopf.

«Nee, Lotti, tut mir leid, ich mag Kinder. Und dich ganz besonders.»

«Schleimer. Aber gut. Dann müssen wir uns eben was anderes einfallen lassen.»

Sie nahm noch einen tiefen Zug von ihrer Zigarette. Dann hatte sie eine Idee:

«Hast du nicht ein iPhone?»

«Ja. Warum?»

«Welche Generation?»

«Die, die immer abstürzt.»

«Na, dann haben wir doch schon die Lösung ...»

Ich werde meinen Festnetzanschluss jetzt also abmelden. Dann kann ich, wann immer Lottis Mutter mich auf dem

Ich geb dir mal die Lotti

iPhone anruft, um mir meine Nichte zu geben, so etwas rufen wie: «Lotti? Ich kann dich nicht ... Hallo? ... bist du noch ...? Lotti?» Dann zuckt die Kleine die Schulter, sagt: «Onkel weg!», drückt ihrer Mutter das Telefon in die Hand, und das Problem hat sich erledigt.

Als Nächstes arbeiten Lotti und ich dann an den selbstgemalten Kinderbildern.

Jenni Zylka

Blindschleichen

Manche Menschen sind rotgrünblind. Andere können «Satisfaction» und «Yankee Doodle» nicht auseinanderhalten. Wieder andere unterschreiben Briefe mit «herrzlicke grüse». Und noch andere rechnen 10 plus 10 mit allen zur Verfügung stehenden Fingern und Zehen.

Das ist alles unschön, aber nicht wirklich schlimm. Muss man beim Schminken eben hoffen, dass «Candy Apple» auf den Augenlidern gut aussieht. Beim Musik-Fachsimpeln den Rand halten. Beim Schreiben auf Thesaurus bauen. Der Bäckereifachverkäuferin einen Fünfzigeuroschein für die Tüte Brötchen hinlegen und darauf vertrauen, dass sie schon richtig herausgibt.

Ich dagegen, die ich weit mehr als 20 Grautöne unterscheiden, Songs nach den ersten drei Tönen erkennen, selbst in Thomas-Mann-Werkausgaben Rechtschreibfehler finden und Investmentbanken im Handumdrehen vor der Finanzkrise retten könnte, wenn ich nur wollte, ich leide unter einem besonderen Handicap: Ich habe Prosopagnosie.

Prosopagnosie ist Gesichtsblindheit. Das bedeutet natürlich *nicht*, dass ich die Gesichter von anderen Menschen nicht sehen könnte. Ich kann sie nur nicht wiedererkennen. Das ist angeboren, weiß man, eines der wenigen Dinge, die man überhaupt darüber weiß. Ich kann gut damit leben. Man muss sich ja nicht alles merken. Es hat allerdings ein bisschen gedauert, bis ich gelernt habe, damit umzugehen.

Ich weiß, dass ich als kleines Kind in den Ferien oft den falschen Familien hinterhergelaufen bin. Wir urlaubten an der Nordsee, neben weiteren krampfadrigen Touristen, Strandmuschel an Strandmuschel, die Körper bedeckt mit einer Schicht aus Delial und Sand. Meine Eltern klappten gegen fünf «Niemand ist eine Insel» zu und sammelten uns Kinder ein, so wie alle um uns herum, damit die selbstgepulten Krabben pünktlich in der Abendbrot-Pfanne landeten. Auf dem Weg zum Auto verwechselte ich meinen Vater regelmäßig mit einem der anderen blassen Männer gleicher Größe, einer, der vielleicht ein ähnliches Trimm-dich-T-Shirt, die gleichen Holzlatschen oder ähnlich dünner werdende Haare trug.

So trabte ich hinter dem vermeintlichen Vater her, konzentriert darauf, nicht in die Disteln zu treten, die den Weg säumten. Bis eine fremde Stimme fragte: Nanu, wer bist du denn? Meistens fragten die Mütter. Vielleicht waren die Väter der fremden Familien sich gar nicht so darüber im Klaren, wie viele Kinder sie denn nun gezeugt und zum Strand hertransportiert hatten. Oder sie gingen davon aus, ihre Frau habe eine Aufsichtsvereinbarung mit einem anderen Strandpaar getroffen, von der sie wie üblich nichts wussten.

Mit sechs Jahren stieg ich bei einer Familie ohne Mutter tatsächlich einmal mit ins Auto. Erst auf der Dünenstraße zum Ferienort erinnerte sich die pubertäre Tochter daran, dass neben ihr normalerweise keine kleine Schwester, sondern nur das laute Baby saß. Meine Eltern hatten schon angefangen, systematisch den Strandparkplatz abzusuchen, und beschuldigten sich gegenseitig, nicht genug auf mich aufgepasst zu haben. Das Auto mit mir kam in dem Moment zurück auf den Parkplatz gefahren, als sie mich bei der Strandwacht als vermisst melden wollten. «Sie können wohl nicht bis drei zählen», donnerte mein Vater den vermeintlichen Entführer an, als der mich kleinlaut übergab.

Irgendwann in meiner Jugend begann auch ich das einzige Kino unserer Kleinstadt zu besuchen. Allerdings machte es mir weniger Spaß als den anderen. Es fiel mir schwer, die Hauptdarsteller auseinanderzuhalten, und so fragte ich meine Freundinnen ständig, wieso der Typ in «Abwärts» plötzlich gemein zu der Frau ist, mit der er eben noch geflirtet hat. Oder wieso die Kleine in «Dirty Dancing» schon wieder einwandfrei Merengue tanzt, obwohl sie doch gerade eine Abtreibung hatte. Amerikanische Highschool-Serien waren für mich schwerer zu kapieren als «Statistik für Anwender». Nur bei «ET» hatte ich keine derartigen Probleme.

Als Teenager ging es aufwärts. Nachdem ich endlich kapiert hatte, dass es sinnlos war, sich nach Unterschieden in Kleidung oder Frisuren zu richten, weil ja sowieso alle gleich aussehen wollten, begann ich, mir weniger veränderliche Alleinstellungsmerkmale einzuprägen: Hautunreinheiten, Zahnstellungen, Mundgeruch, wild wuchernde Augenbrauen oder auffällige Oberweiten. Einen Zettel, auf dem ich mir diverse Eselsbrücken notiert hatte, ließ ich dummerweise im Federmäppchen liegen, das sich eine Sitznachbarin auslieh. Die, hinter deren Namen ich «Pickel / Möpse» vermerkt hatte. Es folgte eine recht einsame Phase, in der es nicht besonders viele Gesichter zu verwechseln gab.

Mit dreißig lernte ich auf einer Party einen Mann kennen.

Blindschleichen

Wir tranken Wodka, redeten dummes Zeug und fuhren spätnachts zu mir nach Hause. Dort kannte er sich überraschend gut aus, und als ich ihn deswegen zur Rede stellte, gestand er, ich hätte ihn schon des Öfteren mitgenommen. Mir schoss durch den Kopf, dass meine reiche sexuelle Erfahrung und Freizügigkeit vielleicht in Wirklichkeit auf einem einzigen armseligen willigen Menschen beruhte, der eben immer wieder mitkam. Ich versuchte, die letzten heißen Nächte zu rekapitulieren, konnte mich aber natürlich an keine Gesichter erinnern. Der Rest war tatsächlich immer ähnlich gewesen, jedenfalls vom ungefähren Ablauf her.

Resigniert beschloss ich, mit diesem Mann, vielleicht eh dem einzigen, den ich je geliebt hatte, zusammenzubleiben, und schenkte ihm eine Garnitur Pullover in schreienden Farben, Mützen mit ungewöhnlichen Mustern und extravagante Jacken. Daniel und ich zogen in eine Dreizimmerwohnung, und ich wurde schwanger. Als unser Sohn geboren wurde, schob ich meine Sorgen zunächst beiseite: Babys sehen sich immer ähnlich, vor allem, wenn sie schreien. Glücklicherweise hatte Joschi eine auffällig tiefe Stimme, sodass ich nicht allzu oft danebenlag. Später, als er in den Kindergarten ging, kam er mir immer schon fröhlich entgegengewackelt, wenn ich ihn abholte, das war also unproblematisch. Nur einmal, als er sich in der Kochecke an einer durchschneidbaren Holzwurst festgespielt hatte, umarmte ich herzlich einen anderen kleinen Jungen, dem die Erzieherinnen nach dem Wickeln versehentlich Joschis signalroten Strampler angezogen hatten. Aber der fremde Junge nahm es mir nicht übel.

Doch als Joschi mir mit drei Jahren beim Einkaufen abhandenkam und ich ihn ausrufen lassen musste, bestellte mich eine misstrauische Polizistin zum Gespräch: Der erste kleine Junge, den man herrenlos im Kaufhaus aufgegriffen hatte, trug fast die gleiche Kleidung wie Joschi. Sein Sträuben, als ich ihn in den Arm nehmen wollte, hätte ja auch von der Peinlichkeit herrühren können, öffentlich als vermisst gemeldet zu sein. Nach ein paar Minuten, in denen der Junge immer wieder «Neiiin!! Nicht Joschi!!!» schrie, brachte man glücklicherweise meinen echten Sohn in das kleine Büro des Überwachungsdienstes, und mir fiel mein Fehler immerhin sofort auf.

Ich erklärte der Polizistin mein Handicap und gelobte zerknirscht einen Psychologenbesuch. Bei unserem ersten Termin machte der Arzt einen Test. Er legte mir seitenweise Bilder von prominenten Gesichtern vor, die ich identifizieren und auf eine gestrichelte Linie unter das Foto schreiben sollte. Ich erkannte viermal Robert Pattinson, dreimal Britney Spears und siebenmal Ringo Starr und freute mich, dass der Test so einfach war.

Doch die Auswertung traf mich hart: Weder der Vampir noch der Beatle waren laut Arzt auf den Bildern zu sehen. Und bei Britney Spears handelte es sich in Wirklichkeit um Clara Schumann, ich hatte mich schon gewundert, wie die Skandalnudel aus dem Micky-Maus-Club es auf den Zehneuroschein geschafft hatte. Der Arzt gab mir den Tipp, mich an immer dem gleichen, nicht veränderbaren Gesichtsmerkmal zu orientieren, wie beispielsweise an den Ohren. Er zeigte mir Fotos des ehemaligen türkischen Außenministers Erdal Inönü und des britischen Philosophen Karl Popper und setzte die Größe der Ohren ins Verhältnis zu den

Blindschleichen

übrigen Gesichtsproportionen. Jetzt schauen wir mal, wie sich die Relation beim durchschnittlichen Hollywoodstar verhält, sagte er und wies auf ein Brad-Pitt-Foto. Ich musste ihm zustimmen: Brad Pitts Ohren waren im Verhältnis zu dem Gesicht des Hollywoodstars signifikant kleiner als die elefantengleichen Ohren von Popper und Inönü. Und auch Humphrey Bogart hatte ein auffälliges Ohren-Gesichts-Verhältnis. Bei Mike Tyson reichte sogar eins, um ihn zu erkennen.

Langsam schien sich mein Zustand zu bessern. Immer häufiger erkannte ich mit der Ohren-Gesichts-Methode Daniel ohne die Narrenkappe, die er mir zuliebe meist trug. Zuweilen schaffte ich es, auf dem Spielplatz in die richtige Richtung zu schauen, bevor Joschi mich rief. Trotzdem hatte Daniel allmählich genug davon, sich ständig kleiden zu müssen wie jemand aus der Benetton-Werbung. Nachdem er bei einer Party ein Exempel statuiert, seinem besten Kumpel Jörn seine Mütze aufgesetzt, dann seine Jacke angezogen und zugeschaut hatte, wie ich mich nachts, ohne zu murren, bei Jörn einhakte und mit ihm nach Hause ging, verließ er mich. Ich war dir doch eh nie genug, sagte er. Das weiß ich ehrlich gesagt nicht genau, antwortete ich.

Um die Einsamkeit zu bekämpfen, beschloss ich, in eine Prosopagnosie-Selbsthilfegruppe zu gehen. In meiner Stadt gab es nur eine einzige, unter der angegebenen Telefonnummer meldete sich eine Birgit, die mich herzlich zum nächsten Treffen einlud. Die Gruppe erwies sich als Enttäuschung, denn nach ein paar Zusammenkünften ging es mir furchtbar auf die Nerven, dass nie jemand jemand anderen wiedererkannte, jedes Mal die gleichen Fragen gestellt wurden und alle sich unablässig neu vorstellten. Ich schlug vor, mit Namensschildern zu arbeiten, aber Birgit verwies streng darauf, dass man schließlich «Anonyme Prosopagnostiker» heiße und auch dabei bleiben wolle. Ist das nicht doppelt gemoppelt, wandte ich ein, weil wir uns ja eh fremd bleiben, doch man hörte mir nicht zu.

Verstimmt setzte ich mich am nächsten Freitag statt in die AP-Gruppe vor ein fast menschenleeres Café und bestellte einen Pernod auf Eis. Joschi war, wie jedes zweite Wochenende, bei Daniel, und ich hatte an dem Tag keine Termine mehr. Plötzlich gab es ein paar Tische weiter einen Tumult. Eine dünne Frau stand auf, schaute sich hektisch um und rief nach dem Kellner.

Im gleichen Augenblick kam wie aus dem Nichts ein Mann auf mich zugelaufen. Er war Mitte dreißig und ziemlich groß, trug einen bollerigen Trainingsanzug, hatte schmutzig blonde Haare, langgezogene Grübchen in den Wangen und die schönsten blauen Augen, die ich – meines Wissens – je gesehen hatte. Er schaute mir direkt ins Gesicht, dass mein Herzschlag kurz aussetzte, und rannte dann davon. Ich weiß nicht, was in diesem Moment mit mir passierte. Aber ich spürte, dass etwas anders war als sonst. Etwas war neu und unerhört. Ich hatte mir sein Gesicht gemerkt. Seine Züge schienen in mein Gehirn eingebrannt. Als ich die Augen schloss, sah ich ihn deutlich vor mir. Fassungslos kippte ich meinen Pernod hinunter.

Die Frau vom Nebentisch diskutierte mit dem Kellner und machte ein paar ausladende Gesten. Schließlich kam noch ein Kellner und zückte sein Handy. Der erste Kellner und die Frau liefen auf mich zu.

Blindschleichen

«Du hast doch gerade den Mann gesehen, der hier vorbeilief, oder?», fragte die Frau. «Ähm, ich glaube, ja», sagte ich. «Würdest du als Zeugin aussagen, wenn gleich die Polizei kommt?», fragte sie weiter. «Er hat meinen Laptop geklaut! Einfach vom Stuhl gerissen! Dieses Arschloch.»

Ich hörte die Wut in ihrer Stimme. «Er ist ja direkt an Ihnen vorbeigelaufen», meldete sich der Kellner. «Sie müssen ihn doch gesehen haben. Ich konnte ihn nicht richtig sehen, weil ich gerade laktosefreien Milchschaum gemacht habe.»

«Ich auch nicht», sagte die Frau. «Ich war total in den Psychotest in der Zeitung vertieft.»

«So genau hab ich ihn auch nicht gesehen», murmelte ich zögernd. «Ich weiß nicht, ich bin nicht gut mit Gesichtern ...»

Doch ein paar Minuten später kam die Polizei und nahm eine Anzeige auf. «Sie ist die Einzige, die ihn beschreiben kann», sagte die dünne Frau und fuchtelte wieder mit den Armen wie eine peruanische Drehtrommel. «Wie sah er denn aus?», fragte mich der Polizist und drückte auf seinem Handy herum. «Wollen Sie das nicht lieber auf so einen kleinen Notizblock mit Spiralbindung schreiben?», fragte ich irritiert. «Nein, ich diktiere es in das Spracherkennungsprogramm», antwortete der Polizist. «Also, ich glaube, er war braunhaarig und eher klein ...», sagte ich. «Verdächtige Person Doppelpunkt Braune Haare Schrägstrich Klein», sagte der Polizist zu seinem Telefon. «Quatsch», rief der Kellner, «der war groß und blond, das konnte ich doch sogar von hinten sehen!» Der Polizist schaute uns genervt an.

Nachdem die Beschreibungen aufgegeben waren, sagte der Polizist seinem Telefon meine Adresse. In der darauf-

JENNI ZYLKA

folgenden Woche sah ich das Gesicht des blonden Diebs mit den Grübchen in jeder sich spiegelnden Scheibe, auf jedem weißen Blatt Papier, und in meinen Träumen ohnehin. Da sah ich noch viel mehr von dem Dieb. Ich war froh, dass Joschi nicht mehr in meinem Bett schlief, so wenig jugendfrei war das, was sich mein Gehirn nachts ausdachte.

An einem Montag bekam ich einen Brief aus dem Polizeipräsidium. Ich sei am Donnerstag in der Strafsache «AZ 166687/775 Straßenraub» zu einer Gegenüberstellung eingeladen. Aufgeregt kaufte ich mir ein schwarzes Kleid und schwarze Pumps, ließ mir von einer Kosmetikerin ein paar Wimpernbüschel ankleben, duschte und ölte mich und erschien pünktlich auf dem Präsidium. Ich hatte einen venezianischen Spiegel erwartet, aber die sechs Männer standen offen im Aufenthaltsraum herum. Jeder trug einen Zettel mit einer Nummer. Ich schaute nur kurz in den Raum hinein und sah ihm direkt in die Augen. Er hielt die Nummer vier, seine Grübchen waren noch bezaubernder als in meiner Erinnerung, und statt des bolligen Trainingsanzugs trug er eine schwarze Hose und ein gut sitzendes graues Hemd. Mein Herz klopfte so stark, dass meine silberne Halskette leise rasselte. Aber ich schaffte es, den Raum zu verlassen, ohne mir etwas anmerken zu lassen.

Draußen schüttelte ich den Kopf und gab dem Polizisten einen Zettel. Hier, ich bin wie gesagt nicht gut in Gesichtern, ich habe ein Gutachten von meinem Psychiater, sagte ich. Er las es durch. «Na, Sie sind ja lustig», sagte er. «Wieso haben Sie uns den Schrieb nicht einfach geschickt? Dann hätten Sie und wir uns das alles hier sparen können. Mit Verlaub, Sie sind ja wirklich sozusagen die schlimmste

Blindschleichen

Zeugin, die einem als Polizist über den Weg laufen kann. Mannomann.»

«Jaja, haha», antwortete ich. «Das bin ich wohl. Tut mir sehr leid. Kann ich denn dann gehen?» Der Polizist nickte, und ich stöckelte aus dem Präsidium hinaus. Gegenüber war der Eingang zu einem kleinen Park, eine alte, grüne Bank stand direkt davor. Ich setzte mich in den Schatten einer Eiche und wartete. Ungefähr 15 Minuten später kam er. Er setzte sich neben mich, schwieg und sah mich von der Seite an. «Möchten Sie einen Laptop kaufen?», fragte er nach einer Weile.

«Ja», sagte ich, «meiner gibt bald den Geist auf. Wo haben Sie denn das Gerät?»

«Bei mir zu Hause», sagte er. «Da können wir direkt hingehen.»

«Ich muss um 16 Uhr meinen Sohn abholen», sagte ich. «Bis dahin habe ich Zeit.»

«Na, das schaffen wir», antwortete er.

Und so erkannten wir einander. Im biblischen Sinne. Obwohl ich gar kein Bibeltyp bin. «Schließlich», sage ich immer zu meinem neuen, blonden Freund, wenn ich für ihn die Ware verpacke, «bin ich nicht nur Agnostikerin, sondern Proposagnostikerin. Aber es gibt Schlimmeres. Man muss sich eben nicht alles merken, und schon gar nicht jeden.»

Hans Rath

Sicherheitslücken

W as redest du denn da für einen Schwachsinn, Axel?
Bist du irgendeiner bescheuerten Sekte beigetreten, ohne mir was davon zu erzählen?»

Ich seufze. Immer wenn ich meine Frau vor der realen Gefahr eines globalen Super-GAUs warne, hört sie nur mit halbem Ohr zu. Sie packt gerade die Koffer, um mit den Kindern eine Woche zu ihrer Mutter zu fahren. Die heißt Else und wohnt auf Sylt, was praktisch ist, weil man Familienfeste mit Kurzurlauben verbinden kann. Noch praktischer ist, dass ich nicht mitkommen muss, weil mein Arbeitgeber mir nicht freigeben will. Else und ich liegen nicht gerade auf einer Wellenlänge. In den sechziger und siebziger Jahren hat sie sich als alleinerziehende Mutter und Vertreterin für Miederwaren durchgeboxt und ist dabei zu einem ganz beträchtlichen Vermögen gekommen. Als Sachbearbeiter bei einer Versicherung kann ich da nicht mithalten. Else hält mich für langweilig und risikoscheu, vielleicht sogar für einen Duckmäuser. Blöderweise lässt meine Frau Bettina sich gern von den Sticheleien ihrer Mutter anstecken. Für mich ist es also besser, gar nicht erst zwischen die feindlichen Linien zu geraten.

«Die wichtigsten Versicherer weltweit sind sich einig, dass die Zahl der Krisen stetig zunimmt», erkläre ich geduldig. «Da muss man doch nur mal in die Zeitung kucken.

Wirtschaftskrise, Ökokrise, Bankenkrise. Und dann gibt es ja noch die vielen nationalen und regionalen Krisen. Wo du hinkuckst, Krisenherde. Es ist nur eine Frage der Zeit, bis uns das alles um die Ohren fliegt.»

Bettina hält eine pastellfarbene Bluse in die Höhe. «Die hier trage ich übrigens jetzt schon seit fünf Jahren. Wenn ich die auch zum Weltuntergang anziehen muss, krieg ich schlechte Laune.»

«Du nimmst mich nicht ernst.»

«Doch», entgegnet meine Frau und legt ihre Weltuntergangsbluse in den Koffer. «Was schlägst du vor? Sollen wir auswandern? Oder Konservenvorräte für schlechte Zeiten anlegen? Oder willst du gleich einen ausgedienten Bunker kaufen, und wir verkriechen uns alle unter der Erde?»

«Wir müssen ja nicht gleich in einen Bunker ziehen», entgegne ich diplomatisch. «Aber ich finde es gar keine schlechte Idee, für den Fall der Fälle einen Zufluchtsort zu haben.»

«Was denn für einen Zufluchtsort?», fragt Bettina genervt.

«Na ja ... schon so was wie einen kleinen Bunker.»

«Du spinnst doch wohl!», motzt sie. «Bevor wir Geld für einen Bunker ausgeben, will ich erst mal neue Klamotten.»

«Die helfen dir aber beispielsweise im Falle eines globalen Atomkrieges auch nicht weiter.»

«Im Falle eines globalen Atomkrieges hilft überhaupt nichts weiter», gibt Bettina zurück. «Man kann dann schon von Glück sagen, wenn man im Moment der Pulverisierung gut angezogen ist.»

«Es gibt durchaus Menschen, die eine solche Katastrophe

überleben werden», sage ich. «Menschen, die rechtzeitig Vorkehrungen getroffen haben.»

«Aha. Und was wollen diese Menschen dann machen? Hundert Jahre lang Karten spielen, bis die Strahlung halbwegs erträglich ist?», erwidert Bettina spitz. «Ihr Versicherungsfritzen könnt euch ja einen Gemeinschaftsbunker bauen. Nach einem Atomkrieg gibt es bestimmt Unmengen von Schadensfällen zu regulieren.»

Ich erhebe mich von der Bettkante. «Wir können gern kontrovers diskutieren», sage ich. «Aber beleidigen lassen muss ich mich nicht.»

Bettina hebt die Hände. «Nein, Schatz. Das stimmt. Entschuldige. Ich wollte dich nicht kränken.» Sie wendet sich wieder dem Koffer zu. «Aber es bleibt dabei: Bevor wir einen Bunker bauen, bekomme ich neue Klamotten.»

«Ich hol schon mal das Auto und pack das Zeug von den Kindern ein», sage ich, um nicht noch mehr Öl ins Feuer zu gießen. Bettina nickt.

Eine halbe Stunde später habe ich meine Frau und meine beiden Töchter geküsst, geherzt und mit guten Ratschlägen versehen. Der vollbepackte Kombi rollt vom Hof. Ich winke artig hinterher.

Als der Wagen außer Sichtweite ist, gehe ich ins Haus zurück, mache mir eine Tasse Kaffee und lese in aller Ruhe die Zeitung. Die Wahrheit ist: Mein Arbeitgeber hätte mir problemlos Urlaub gegeben. Ich hätte meine Familie also eigentlich nach Sylt begleiten können. Doch es gibt Wichtigeres zu tun. Ich werde meine Freizeit in den kommenden Tagen nutzen, um das Werk zu vollenden, das ich seit Monaten in aller Heimlichkeit vorangetrieben habe.

Sicherheitslücken

Als meine Familie lange genug weg ist und ich sicher sein kann, dass sie nicht noch einmal zurückkommt, weil jemand was vergessen hat, begebe ich mich zu unserem Carport, der vor fremden Blicken geschützt zwischen Hecke und Hauswand steht. Mit bloßem Auge ist nicht zu erkennen, dass sich im Rasen vor dem Zementboden eine Luke befindet. Es ist die perfekt getarnte Tresortür, die zu unserem familieneigenen Bunker führt. Ursprünglich war das ein simpler Kellerraum; er gehörte zu einem Nebengebäude, das vor Jahren abgerissen wurde. Danach lagerte ein Abwassertank in dem Gemäuer. Als unser Haus vor rund zwei Jahren an die Kanalisation angeschlossen wurde, hätte ich den Tank entsorgen und den Keller zuschütten lassen können. Bei der Demontage des Tanks ließ ich jedoch stattdessen die Kellerwände verstärken und eine dicke Betondecke einziehen. Auch damals kam mir ein Sylturlaub meiner Familie gelegen. Das war vor fast einem Jahr. Seitdem nutze ich jede freie Minute, um den Bunker bezugsfertig zu machen. Ich habe ein Belüftungssystem eingebaut. Den Strom für die Beleuchtung liefern externe Solarzellen, die versorgen auch die Gegensprechanlage. Wahlweise kann man damit Kontakt zur Außenwelt herstellen oder einfach nur hören und sehen, was draußen vor sich geht. Es gibt eine Nische mit Campingtoilette, einen Erste-Hilfe-Kasten und eine Überlebensausrüstung für die Zeit nach der Apokalypse.

Kurzum: Hier unten kann meine Familie praktisch jedem Katastrophenszenario trotzen. Auf gemütlichen 19,5 Quadratmetern gibt es vier an der Wand hochklappbare Pritschen sowie ein Reservebett für den Fall, dass Else ausgerechnet dann wieder bei uns zu Besuch ist, wenn der

Weltuntergang beginnt. Ich wollte meine Schwiegermutter eigentlich gar nicht einplanen, aber nach einigem Nachdenken gelangte ich zu der Einsicht, dass die Wahl wohl nicht auf mich fiele, wenn es darum ginge, ob Omi Else oder ich in den Bunker dürfe.

Was jetzt noch fehlt, sind Regale für Vorräte und Decken, vielleicht haben auch noch ein paar Bücher und Spiele Platz. Wenn Bettina und die Kinder wieder da sind, möchte ich ihnen eine top-funktionale und trotzdem wohnliche Oase der Sicherheit präsentieren. Dann werden hoffentlich alle einsehen, dass ich kein überängstlicher Spinner bin, sondern ein umsichtiger und treusorgender Familienvater.

Meine Frau wird natürlich glauben, dass der Sicherheitsraum ein Vermögen gekostet hat, und sich gleich ausmalen, wie viele Lkw-Ladungen Klamotten man dafür hätte kaufen können. Doch sie irrt. Den Grundausbau des Kellers habe ich in Kombination mit der Errichtung des Carports fast umsonst bekommen, die Restarbeiten sind Eigenleistung. Und alles andere stammt aus dem Internet. Die Pritschen sind bei einer Versteigerung von Bundeswehrbeständen angeboten worden, die Gegensprechanlage habe ich bei einem asiatischen Billiganbieter gekauft, die Campingtoilette und die Überlebensausrüstung waren Schnäppchen bei einem Räumungsverkauf. Insgesamt dürfte unser Familienbunker kaum tausend Euro gekostet haben. Ein vergleichsweise lächerlicher Preis, wenn man bedenkt, dass die Anlage unser Überleben sichert.

Zufrieden will ich wieder an die Erdoberfläche klettern, doch die Tresortür klemmt. Das ist schon ein paarmal passiert. Kein Problem. Da ich kein ausgebildeter Handwerker

Sicherheitslücken

bin, hatte ich Mühe, das Monstrum passgenau einzusetzen. Ich stemme mich mit der Schulter gegen den kalten Stahl, doch die Tür bewegt sich keinen Millimeter. Auch ein neuerlicher Versuch mit äußerster Kraftanstrengung hilft nicht weiter. Ratlos stehe ich auf der Leiter unterhalb der Einstiegsluke und überlege. Schließlich habe ich die Idee, die Gegensprechanlage einzuschalten. Die im Garten installierten Mikrophone und Kameras werden mir sicher helfen herauszufinden, was da oben los ist.

Ein Rauschen, der Monitor flackert, dann erscheint die massige Gestalt unseres Nachbarn Martin.

«Was machst du denn da?», höre ich Martins Frau Renate rufen.

«Ich hab nur den Jeep rübergestellt. Dann können deine Eltern meinen Parkplatz nehmen», antwortet Martin.

«Hast du gefragt, ob das okay ist?», will Renate wissen.

«Wieso soll das nicht okay sein? Die sind doch die ganze Woche weg.»

Ich starre auf den Monitor und sehe, dass ein Vorderreifen von Martins bulligem Geländewagen auf der Einstiegsluke meines Bunkers steht.

Nun könnte ich natürlich die Gegensprechanlage anschalten und Martin bitten, den Wagen wegzufahren. Aber ich habe den Bunker ja nicht umsonst heimlich gebaut. Wenn bekannt wird, dass wir so etwas haben, steht im Ernstfall die gesamte Nachbarschaft auf der Matte. Ich kann mir lebhaft vorstellen, zu welch unschönen Szenen es dann kommen wird. Dagegen sind die üblichen Nachbarschaftsquerelen Kinderkram.

Siedend heiß fällt mir nun ein, dass Martin mir von dem

Besuch seiner Schwiegereltern erzählt hat. Eine ganze Woche lang wollen sie bleiben, hat er gestöhnt. Tja, dann bleibt mir wohl keine andere Wahl, als zumindest einen Nachbarn ins Vertrauen zu ziehen.

Ich drücke die Sprechtaste und sage: «Martin, warte mal bitte! Hier ist Axel. Ich brauche deine Hilfe ...» Ich stutze, weil Martin einfach weitergeht, als würde er mich nicht hören. «Martin? Hallo?» Ich betrachte den Plastikkasten vor mir und frage mich, ob es irgendwo einen Lautstärkeregler gibt oder ob ich den falschen Knopf drücke. Beides ist nicht der Fall. «Martin! Hörst du mich?» Martin ist fast am Ende unseres Grundstücks angelangt und passiert nun das zweite Mikrophon. «Martin! Hör doch mal! Hallo!»

Wieder keine Reaktion. Martin verschwindet aus dem Bild und lässt mich ratlos zurück. Mit einem Mal fällt mir siedend heiß ein, was fett gedruckt am Ende der Montageanleitung stand: *Speakers not included.* Es gibt in unserem Garten zwar zwei Mikrophone und zwei Minikameras, aber keinen einzigen Lautsprecher. Martin *kann* mich gar nicht hören.

Ich lasse mich grübelnd auf eine Pritsche sinken. Was nun? Ein leises Knirschen, im nächsten Moment schlägt mir eine der Ketten, mit denen die Pritsche an der Wand befestigt ist, hart gegen den Rücken. Zeitgleich gibt die Pritsche nach, und ich falle auf den blanken Betonboden.

Als ich aufstehen will, spüre ich einen stechenden Schmerz. Ich kenne dieses Gefühl. Mein Ischiasnerv hat sich soeben eingeklemmt.

Mühsam versuche ich, mich aufzurichten. Tut höllisch weh. Ich klappe die gegenüberliegende Pritsche von der

Sicherheitslücken

Wand und lege mich vor Schmerz stöhnend auf den Rücken. Die Frage lautet unverändert: was nun?

Um Hilfe zu rufen hat keinen Sinn: Die Wände sind so gut gedämmt, dass man selbst ohrenbetäubende Musik draußen nur als leises Blubbern wahrnimmt. Das habe ich selbst ausprobiert. Aufgrund der massiven Wände hat auch mein Handy hier unten keinen Empfang. Ich wüsste also gerade keine Möglichkeit, Hilfe zu rufen.

Leise Panik steigt in mir auf. Was, wenn Martin seinen Jeep erst in einer Woche wieder wegfährt? Es sind keine Vorräte hier unten, weder Essen noch Getränke. Erschrocken überlege ich, wie lange ein Mensch ohne Flüssigkeit überleben kann. Waren das drei Tage oder drei Wochen? Drei Wochen kommt mir sehr lange vor, drei Tage wiederum ziemlich kurz.

Sind in dem Überlebenspaket vielleicht ein paar Nahrungsmittel?

Ich öffne den kleinen Metallkoffer mit der Aufschrift *Survival Kit*. Es gibt Zündholzer, einen Kompass, eine Angelschnur, Klebeband, eine Rasierklinge, einen Signalspiegel und anderen Krimskrams, den man prima gebrauchen kann, wenn man einen Super-GAU überlebt hat. Leider findet sich fast nichts, das *vor* einem Weltuntergang nützlich sein könnte, außer einem einzelnen Kaugummi und einem Päckchen Traubenzucker. Da ich mich sowieso gerade unterzuckert fühle, greife ich zu, während ich grübele, was ich tun kann, um auf mich aufmerksam zu machen. Der Traubenzucker erweist sich als keine gute Idee. Ich bekomme Magengrummeln und muss mit Schrecken feststellen, dass der Süßkram das Mindesthaltbarkeitsdatum 1988 trägt. Mein *Survival Kit* ist offenbar im Zuge der Reaktorkatastrophe von Tschernobyl auf den Markt gekommen. Seitdem hat sicher niemand den Inhalt des Koffers kontrolliert. Bestimmt sind die Zündhölzer feucht, der Kompass ist kaputt, und das Klebeband zerfällt zu Staub, wenn man es berührt. Ich komme nicht dazu, das nachzuprüfen, denn mein Magengrummeln zwingt mich auf die Campingtoilette.

Dass ich nun auch noch schweren Durchfall habe, verschärft mein Flüssigkeitsproblem. In einem solchen Fall soll man ja viel trinken, um den Salzverlust auszugleichen. Dabei müsste ich allein schon deshalb Flüssigkeit zu mir nehmen, weil der Kaffee mich dehydriert hat und ich gern den wahnsinnig süßen Geschmack des Traubenzuckers loswerden würde.

Immerhin funktioniert die Campingtoilette. Für den Bruchteil einer Sekunde durchzuckt mich der Gedanke, dass ich den Frischwasserbehälter austrinken könnte. Leider ist das Wasser mit einem chemischen Zeug verdünnt, das mir bestimmt nicht bekommen würde. Also verwerfe ich den Gedanken und lege mich wieder auf meine Pritsche. Wie zu erwarten, hat mein Handy keinen Empfang. Außerdem ist der Akku bald leer. Über den Daumen gepeilt bin ich seit knapp vierzig Minuten hier unten. Viel schlechter würde es mir wahrscheinlich auch nicht gehen, wenn ich bei einer globalen Katastrophe einfach an der Erdoberfläche bliebe.

Geschafft schlafe ich ein.

Ein Summen weckt mich. Ich brauche einen Moment, um mich zu orientieren. Erstaunt erkenne ich, dass das Summen der Vibrationsalarm meines Handys ist. Bettina ruft an.

«Gott sei Dank», sage ich mit schwacher Stimme.

Sicherheitslücken

«Was?»

«Gott sei Dank rufst du an.»

«Hallo? Ich kann dich kaum verstehen. Warum ist denn die Verbindung so schlecht?»

«Du musst mir helfen», flüstere ich, gebeutelt vom Flüssigkeitsverlust. Ich kann kaum sprechen, und meine Zunge fühlt sich an wie ein trockener Socken.

«Warum erreiche ich dich denn nicht?», fragt Bettina verärgert. «Ich hab's schon ein paarmal versucht. Gleich ist Mitternacht, und du …»

«Du musst mir helfen», versuche ich es erneut.

«Was? Du sollst lauter sprechen. Die Verbindung ist eine Katastrophe.»

«Hilfe!», krächze ich. «Ich bin unter der Erde neben dem Haus.»

«Was? Was redest du denn da? Hast du getrunken?»

«Nein! Ich brauch wirklich Hilfe.»

«Toll! Kaum ist man mal weg, säufst du dir die Hucke zu. Wir sind jedenfalls gut angekommen. Ich melde mich morgen wieder, wenn du deinen Rausch ausgeschlafen hast. Nacht, *Schatz*!»

«Nein! Warte!», flüstere ich, doch sie ist schon nicht mehr dran. Kurz danach beginnt mein Handy zu fiepen. Der Akku.

Rasch tippe ich eine SMS an Bettina: «Bin in einem Bunker neben dem Haus. Der Einstieg liegt unter dem Rasen am Carport! Hilfe!»

Inzwischen zeigt das Display, dass der zumindest minimale Empfang, den ich kurzzeitig hatte, wieder verschwunden ist. Das Gerät versucht vergeblich, die Nachricht ab-

HANS RATH

50

zusetzen. Ich drücke die Wahlwiederholung und hoffe, dass meine Notruf-SMS doch noch verschickt wird.

Auf dem Monitor der Gegensprechanlage ist unverändert Martins Jeep zu sehen, der mir den Weg in die Freiheit versperrt. Als der Monitor gleichzeitig mit der Beleuchtung zu flackern beginnt und es dann auf einen Schlag zappenduster in meinem Bunker wird, ahne ich, dass auch die preiswerten Solarzellen von nicht so überragender Qualität waren, wie mir der fliegende Händler auf dem Trödelmarkt versichert hat.

Im Dunkeln taste ich mich zu meiner Pritsche vor, lege mich hin und versuche nicht daran zu denken, dass auch die Belüftung den Geist aufgeben könnte.

Ich schlafe hundsmiserabel. Beim Aufwachen ist meine Zunge total angeschwollen. Ob mir mein schmerzender Rücken, mein grummelnder Magen oder der Flüssigkeitsverlust mehr Schwierigkeiten bereiten, kann ich im Moment nicht sagen. Außerdem ist ein Hustenreiz dazugekommen, weil es unter der Erde nachts merklich abkühlt. Ohne Decke holt man sich da schnell mal eine Erkältung.

Immerhin sind die Beleuchtung und der Monitor wieder angesprungen. Der Handyakku hingegen ist gescheitert mit dem Versuch, meine SMS an Bettina zu verschicken. Auf dem Bildschirm ist immer noch der Jeep von Martin zu sehen, der auf meinem Fluchtweg parkt. Wahrscheinlich werde ich diesen Anblick mit ins Grab nehmen. Aber zunächst muss ich noch einmal die Campingtoilette aufsuchen, weil mir der fünfundzwanzig Jahre alte Kaugummi, den ich mir geistesabwesend zum Frühstück genehmigt habe, auch auf den Magen schlägt.

Sicherheitslücken

Ich verbringe den Tag damit, mir vorzustellen, was die Boulevardpresse titeln wird, falls man mich eines Tages doch noch einmal hier unten findet.

«Vollidiot stirbt im eigenen Bunker» gefällt mir ganz gut. Daneben würde ich das Foto meiner zugedeckten Leiche neben der Campingtoilette abdrucken. Für die intellektuelleren Magazine hätte ich «Mit Sicherheit tödlich» im Angebot. Oder auch das ebenfalls doppeldeutige: «Todsicher».

Vor einer Weile habe ich mal gelesen, dass man bei Umbauarbeiten die mumifizierte Leiche eines Maurers in einem Hohlraum entdeckt hat. Der Mann soll sich vor Jahren versehentlich eingemauert haben. Durch den Krach auf der Baustelle hörte man seine Hilferufe nicht. Wie es aussieht, habe ich mich in eine ähnlich blöde Lage manövriert. Sollte man meine Leiche irgendwann hier unten finden, wird meine Frau ganz schön sauer auf mich sein. Und das zu Recht.

Am späten Nachmittag falle ich immer mal wieder in einen komatösen Schlaf. Dass man ohne Flüssigkeit keine drei Wochen überleben kann, ist ganz offensichtlich. Ich persönlich werde es wohl knapp zwei Tage schaffen. Als gegen Abend die Beleuchtung und der Monitor wieder zu flackern beginnen, beschließe ich, nun doch die Campingtoilette auszusaufen. Das ist leichter gesagt als getan, weil man den Frischwasserbehälter nicht abnehmen kann. So blöd, mir die ganze Toilette an den Hals zu halten, damit mir auch das Abwasser entgegenkommt, bin ich dann doch nicht. Ich plündere den Erste-Hilfe-Kasten und benutze Wattebäusche und Mullbinden, um Flüssigkeit aufzusaugen und sie mir in den Mund zu träufeln. Das Wasser schmeckt übelst nach Chemie. Entsprechend kurz währt die Erfrischung. Bereits nach ein paar Schlucken muss ich mich nämlich fürchterlich übergeben.

Plötzlich ein Knall. Eine Autotür? Ich schrecke hoch, humpele zum Monitor und sehe ein kurzes Flackern, bevor der Bildschirm schwarz wird. War das gerade Martins Jeep? Muss er vielleicht ein paar Besorgungen erledigen? Rollt in diesem Moment der Wagen die Einfahrt hinunter und öffnet mir den Weg in die Freiheit?

Mühsam kraxele ich die Strickleiter empor. Ich habe Angst, dass meine Hoffnungen sich gleich wieder zerschlagen. War das Geräusch nur eine Illusion? War es nur die Wahnvorstellung eines Verdurstenden?

Ich stemme mich gegen den kalten Stahl. Nichts. Gott, wenn es dich gibt, dann sieh mir nach, dass ich bislang nicht an dich geglaubt habe. Ich könnte dir den Wiedereintritt in die Kirche anbieten, falls sich mit dem Auto auf der Tür doch noch was machen lässt.

Ich versuche es noch einmal, diesmal mit aller Kraft. Fühlt sich an, als würde mir gleich der Kopf platzen. Plötzlich öffnet sich ruckartig die Tresortür, ich schieße nach oben, mein Oberkörper fällt auf ein feuchtes Rasenstück, und kalte Abendluft strömt in meine Lungen. Wow. Ganz offensichtlich schulde ich Gott eine Kirchenmitgliedschaft.

Ich krieche vollständig aus meinem Verlies, robbe die wenigen Meter zum Gartenteich und lasse mich dort volllaufen. Um ein Haar verschlucke ich einen Goldfisch. Hustend rolle ich mich auf den Rücken und blicke in den dunklen Himmel. Es ist ein großartiges Gefühl, dem Teufel von der Schippe gesprungen zu sein. Obwohl ich völlig fertig bin, muss ich lachen.

Sicherheitslücken

Eine halbe Stunde später wanke ich auf zittrigen Beinen in die Küche. Ich falle über eine Schachtel Kekse her, haue mir Eier mit Schinken in die Pfanne und stürze gleichzeitig einen Liter Milch herunter. Wahrscheinlich muss ich mich gleich wieder übergeben. Ist mir aber jetzt auch egal.

Als ich im Morgengrauen noch immer am Küchentisch sitze und meine Lebensgeister abschließend mit Wein und Käse zurückgerufen habe, bin ich um eine wichtige Erkenntnis reicher: Im Falle einer globalen Katastrophe werde ich mich definitiv nicht unter der Erde verkriechen. Sollte die Welt zu meinen Lebzeiten untergehen, dann gehe ich eben mit.

Und am Wochenende kleide ich meine Frau neu ein.

Tex Rubinowitz

Zankapfel Apfel

Ein mich wieder und wieder anwandelnder Verdruss kommt auf, wenn ich etwas nicht bin, wenn ich jemand nicht bin oder etwas nicht kann. Im Laufe des Tages lässt sich die den Teint unschön zerfurchende Bitterkeit aber vertreiben, indem ich mir vorstelle, dass sich umgekehrt jemand anders in ähnlicher Weise über mich ärgert und mir meinen Verdruss damit abnimmt wie einen Staffelstab. So bleibt vom Stab am Ende des Tages letztlich das, was von der Rolle Klopapier übrig bleibt, ein hohles Pappröllchen, in dem höchstens ein Kleinkind einen Wert erkennt, schließlich hab ich sogar ein bisschen Mitleid mit diesem Metaphernröllchen, weil es es nicht mal geschafft hat, mir Energie zuzuführen, wofür Zorn und Wut ja ursprünglich erfunden wurden, egal, ob jetzt destruktiver oder konstruktiver Art, der ganze Ärger verpufft wie ein Kartoffelbovist in der Ecke irgendeines Waldes.

Über all die Jahre habe ich die ataraxische Fähigkeit entwickelt, eine sogenannte Zornweiche bei mir einzubauen, die Wut an meinem Seelenmorast vorbeizulenken, um Gastritis und Krebs keinen Humus zu bieten, sondern sie umzuwandeln in fröhlichen, produktiven Balsam. Mir ist mein schwerer Knochensack dann doch zu schade, als dass ich ihn mit dem Unrat, mit dem man von allen Seiten beschossen wird, zusätzlich belasten möchte, mein Sack ist sowieso

Zankapfel Apfel

schon so voll mit all den Gebrechen, die ich natürlich liebe, denn sie sind ja Teil von mir. Ich heiße den Ausfall der dünnen Haare willkommen, freue mich ein ums andere Mal, wenn mir das Kiefergelenksköpfchen aus der Pfanne springt, sobald ich in einen großen Apfel beiße und ich den Mund nicht mehr zu bekomme, ich liebe die Trias aus entzündeten Sehnen, Parodontose und Dupuytren'scher Kontraktur, sie gehören zu mir wie mein Name an der Tür, das hat Marianne Rosenberg mal zu mir gesagt. Gebrechen sind dazu da, um einen daran zu erinnern, dass man noch lebt.

Je plumper das Bekümmernis, desto leichter lässt es sich qua Weiche umlegen. Vertrackter wird es bei irrationalem Zorn, dem aber noch so viel Phantastik innewohnt, dass er nicht umgeleitet werden kann, sondern auf einer Halde landet und dort kompostiert und weiter vor sich hin dampft. Wenn mich etwas anweht, über das ich mich ärgere, das indes so lächerlich oder irrational ist (ein Auto hupt, weil ein Mann in einem Bananenkostüm bei Rot über die Ampel geht), dass ich mich nachgerade lächerlich machen würde, wenn ich mich darüber aufregen würde, dann kann ich das nicht einfach abschütteln wie ein Hund das Wasser aus seinem Fell. Stattdessen wird das irgendwie zwischengelagert, auf einer Art Halde, vielleicht kann der Ärger ja irgendwann noch mal nützlich werden, gar Freude in trüben Stunden bereiten.

Ich verstehe beispielsweise nicht, und das lässt mich nachts im Schlaf mit den Zähnen knirschen, warum ich nicht mit Claudia Schiffer zusammen bin oder sie zumindest mal «gehabt» habe. *Warum*, verdammt noch mal, nicht? Wo ich doch sogar mit ihr etwas gemeinsam habe: ein Sternbild gutartiger Wucherungen, pigmentbildende Zellen am linken Oberarm, eine Kombination aus sechs kleinen Leberflecken, die exakt aussehen wie das Sternbild der Fliege, südlich vom Kreuz des Südens aus gesehen. Es wäre so leicht, so einfach, sich über diese hübsche Parallelität kennenzulernen, der Rest ergäbe sich danach dann von ganz alleine. Aber es will einfach nicht dazu kommen, und das west jetzt in mir wie ein verdammter sogenannter Grützbeutel, eine benigne Unterhautgeschwulst (Atherom), macht nichts, sieht aber unkleidsam aus und mindert meine Attraktivität gegenüber Claudia, und auch wenn es ein metaphysischer Beutel ist, er hinterlässt sichtbare Markierungen in der Physiognomie, dessen bin ich mir gewiss.

Ein anderer, einfacher Sachverhalt, der auf meiner Wuthalde gärt, ist die irrationale und trotzige Weigerung bestimmter Distinktionssultane, Leute, mit denen ich täglichen Umgang pflege, ohne Dünkel bestimmte kulturelle Leistungen außerhalb ihres von ihrer Gesellschaftsschicht ihnen verordneten kulturellen Vektorraums gutheißen zu können. Und dabei kann ich viel eher eine Unterschicht verstehen, die etwa nicht gewillt ist, sich auf Bernd Alois Zimmermanns Oper «Die Soldaten» einzulassen, als eine vermeintlich aufgeklärte Geisteskamarilla, die nur mit Mühe, nein, eigentlich gar nicht bereit ist, sich mit dem Frühwerk der Scorpions auseinanderzusetzen. Mein Unverständnis weicht Wut, Wut darüber, wie vernagelt man sein kann, welche rätselhaften diesen Herrschaften innewohnenden Kräfte ihnen wohl verbieten, beispielsweise «Speedy's Coming» einfach als das zu empfinden, was es ist, ein verdammt grandioser, präziser wie konziser Song, die schneidende

Zankapfel Apfel

Stimme Klaus Meines, der etwas törichte Text, aber die zwingenden Gitarren von Rudi und Uli, rätselhafterweise spielen die Scorps das Lied kaum noch auf ihren Konzerten, es rangiert hoffnungslos auf Platz 66 ihrer meistgespielten Titel, so als seien sie eingeknickt, aber vor wem? Vor Leuten wie mir, Fans, die nicht repräsentativ sind für ihre Klientel, von der sie sich abhängig glauben? Nur weil ich mit ihrem Gesamtœuvre nicht vollkommen zufrieden bin und mir erlaube, ihre englische Version des ungarischen Progrock-schlagers «Gyöngyhajú Lány» von Omega (zu deutsch, laut Google-Translate: «Behaartes Mädchen») abzulenken, den die Jungs aus Hannover mit «White Dove» vollkommen verhunzt, ja regelrecht ermordet haben, nein, den will ich nicht, den mag ich nicht. Sie hätten sich ein Beispiel nehmen sollen an Frank Schöbel, dem Zonen-Elvis, dessen Version «Schreib es mir in den Sand» eine irisierende Gruselpsyche-delik, wie es die italienischen Schmockrocker Goblin für die Horrorfilme von Dario Argento nicht besser hinbekommen hätten. Das mindert aber nicht die visionäre Dringlichkeit von «Speedy's Coming», bizarrerweise produziert von Con-ny Plank, der Produzentenlegende (Selbstdefinition: «Me-dium, das zwischen den Musikern, den Klängen und dem Tonband vermittelt»), dessen Produktionsspektrum von Marlene Dietrich über Zupfgeigenhansel bis The Damned, Duke Ellington, Kraftwerk, DAF und Astor Piazolla reich-te. Ganze Divisionen von Krautrockern wurden durch sein Studio geschleust, einen ehemaligen Schweinestall. All die zauberhaften Resultate, die verblüffende Bandbreite, und das will keiner kapieren? Dass alles, was Conny anfasste, gut sein *musste*? Mir unverständlich.

TEX RUBINOWITZ

Die Superbescheidwisser und Gesichtswiesel kommen dann immer mit dem arroganten Argument, über Geschmack lasse sich nicht streiten, und man solle doch bitte differenzieren. Aber natürlich kann man über Geschmack streiten, es gibt nun mal die, die ihn haben, und dann gibt's die Nullchecker, und die wollen naturgemäß immer streiten, weil sie zumindest eines wissen oder ahnen, dass sie nämlich keine Ahnung haben, was guter Geschmack ist, und sich nicht trauen, dazu zu stehen. Warum ist es bloß so schwer zuzugeben, keine Ahnung zu haben? «Entschuldigung, ich kenne mich mit der Streckenlogistik der Deutschen Bahn, dem Bienensterben und bei Architektur nicht aus, ich ziehe es vor zu schweigen.» Ein tapferer, viel zu selten gehörter Satz; nie hingegen hört man den Satz: «Die Scorpions sind ja gar nicht so schlecht, und Claudia Schiffer ist ein hübscher Käfer.» Ich würde wahnsinnig gerne mal mit Klaus Meine Tischtennis spielen, ist ja eine große Leidenschaft seinerseits, ein Spiel, das ich nicht beherrsche, nicht gewinnen *kann*, und Claudia Schiffer ist Schiedsrichterin, schon leicht beschwipst, sie trinkt irgendwas mit Gin, denn sie hat Stil und Klasse und entscheidet trotz meiner Verluste immer für mich, was Klaus wütend macht, und wenn Klaus wütend ist, schnappt seine Stimme über wie die von Rumpelstilzchen. Claudia lacht ihn aus, und meine sowieso schon großen Chancen bei ihr werden noch größer, so wie der erbsenhafte Klaus noch kleiner wird, als er bereits ist.

Was mich aber schier krank macht, was noch schlimmer ist als alles, das sind Äpfel. Es hilft nichts, dass man ihnen dubiose Schlüsselrollen in der Bibel, in Hitchcocks Krawattenmörderfilm *Frenzy* und im *Weissen Buch von Sarnen* (Wil-

Zankapfel Apfel

helm Tell) zugeschustert hat. Sie bringen's einfach nicht, sie haben einfach keinen Drive mehr, sind Auslaufmodelle, und der letzte Witz, der über sie gemacht wurde (ein voller Saal in einem Pornokino, im Publikum lauter Äpfel, sagt der eine zu seinem Nachbarn: «Sagenhafte Quitten»), ist auch noch von mir.

Ich darf mich über Äpfel echauffieren. Als ich Kind war, hatten meine Eltern eine kleine Apfelplantage, etwa 70 Bäume, mit nicht viel weniger Sorten, ich kann nicht nur einen Klarapfel von einem Lederapfel unterscheiden, das kann ja jeder, sondern auch einen Berlepsch von einer Parmäne, allein durch Tasten.

Aber diese Sorten sieht man nicht mehr, also ist mein taktiles Ingenium nicht mehr gefragt, es verkümmert. Was man allerorten sieht, sind entindividualisierte Normäpfel, die Granny Smith, Jonagold, Gala und Golden Delicious heißen, aber keineswegs deliziös sind, sondern nach Apfelshampoo schmecken, so als müssten die armen Früchte das Odeur des längst dahingegangenen Haarpflegeprodukts weitertragen. Hier schließt sich der Kreis, die Imitation des Lebens wird vom defizitären Leben imitiert. Der Obstdesigner ignoriert die alten Sorten, gibt sich keinerlei Mühe um Authentizität, sondern kreiert eine Art Kitschapfel (Farbe, Geschmack, Form), den man nicht mal mehr braten mag (Bratapfel: Last Exit Problemapfel).

Ich will jetzt nicht Jostabeeren und Nashibirnen das Wort reden, also mich als Fruchtsnob gerieren, aber solange es Menschen gibt, denen Demut so sehr fremd ist, dass sie ernsthaft Äpfel im Frühsommer essen wollen, ist dieses Kernobst erledigt, chancenlos, denn Äpfel sind ein

TEX RUBINOWITZ

Herbstprodukt, das im Winter bereits verschrumpelt und zu Apfelmus verarbeitet ist, wenn es Glück hat, dann müssen die charakterlosen Wachsäpfel aus Neuseeland oder Südafrika her, aromafrei, denn Aroma lässt sich schlecht konservieren. Und vom verheerenden ökologischen Fußabdruck, den man beim Kauf dieser Farce hinterlässt, ganz abgesehen, verschleift man auch seinen genetischen olfaktorischen Code für spätere Generationen, es ist bereits geschehen. Ein heute lebendes Kind ist auf diese künstlichen Kompromissaromen konditioniert, derweil die alten Sorten am Baum dorren, den niemand mehr schüttelt. Gepflückt wird nur noch Subventionsware, Regierungen kaufen sie den Bauern ab, damit es überhaupt noch Bauern gibt, und vernichten sie, schütten sie in den Wald, damit sie die Rehe im Winter fressen, versaften sie, verschenken die Brühe an Problemschulen, Knastbrüder und irgendwelche Bodelschwingh'schen Anstalten.

So wie es eine gesellschaftliche Übereinkunft darüber gibt, dass Claudia Schiffer dumm ist, sein muss, und die Scorpions doof, so gibt es auch eine über Äpfel, nämlich dass sie einfach *dazugehören*. Sie sind das Obst schlechthin, ein Synonym für etwas, was schon immer da war und niemals verschwinden wird, aber auch ein Synonym für unsere Welt. Die hat abgewirtschaftet, sie macht es nicht mehr lange, pfeift auf dem letzten Loch. Aber was ist das für ein Status, Synonym zu sein? Man isst doch kein Synonym.

Sie sind aber nicht mehr so essenziell, wie sie es einmal waren, die Äpfel. Wenn heute Äpfel gegessen werden, dann allenfalls aus Mitleid. Das ist so, wie man eine Oma küsst, man macht es, weil man es machen muss. «Geh deine Straße,

Zankapfel Apfel

denn deine Straße musst du gehen», wie einst Cindy & Bert sangen, iss den Apfel, iss ihn, weil er da ist.

Wenn ich einen Apfel esse, dann aus Wut, und dann springt mir das Kiefergelenksköpfchen aus der Kiefergelenkspfanne, und ich bekomme meinen Mund nicht mehr zu. Der Apfelsabber rinnt mir aus dem nicht zu verschließenden Mund, und ich sehe so debil aus, wie ich es eben bin, der Apfel wirft mich darauf zurück, auf das Eigentliche, das unter dicken Schichten von mühsamst erarbeiteter zivilisatorischer Persönlichkeitsstruktur und Autonomie noch vor sich hin west, eine atavistische Fratze, ein Virus in Schuhen, wie jemand, der sich Erbsen in die Nasenlöcher gesteckt hat und sie nicht mehr rausbekommt. Ein Freund, ein Architekt aus der Schweiz, also ein Mann mit Stil und Geschmack, meinte neulich: «Äpfel sind die traurige, mehlige Füllmasse in den Frühstücksbuffet-Fruchtsalaten der ambitionierteren Dreisternehotels. Also von jenen, die den Fruchtsalat selber machen und eben nicht den guten aus der Dose nehmen.» Wobei man sagen muss, dass es Äpfel ja im Laufe ihrer Evolution noch nicht einmal geschafft haben, dadurch Adelung zu erlangen, dass man sie eindost oder -friert, weil sie ja sowieso immer da waren und da sind, weshalb sich die Wissenschaft eher mit dem Einfrieren von Pizza beschäftigt, der Lyophilisation (Gefriertrocknung) von Kaffee oder der Promession, einer besonders ökologischen, in Deutschland indes noch nicht zulässigen Form der Bestattung, sprich: Gefriertrocknung von Leichen. Wenn es ein Apfel geschafft hat, konserviert zu werden, dann nur im Verband mit anderen Früchten im Obstsalat, Früchten, die mehr Charakter haben, die die Äpfel gewissermaßen mitziehen, ja durchfüttern müssen, es bricht mir das Herz. Eine Versager-Frucht, ein Minderleister, Schulabbrecher, Hilfsarbeiter, Arbeitsloser, zu alt, mental erschöpft, rote Haut, stark parfümiert, dazu das Alkoholproblem (Gärung), Alteisen, Nebengleis.

Das bekannte, eher unübersetzbare englische Sprichwort «An apple each day keeps the doctor away» könnte man fortsetzen mit: aber nur, wenn man genau zielt. Ein Wurfgeschoss, das haben selbst Kokosnüsse nicht oder noch nicht erreicht. Immerhin hat es der Apfel so in die Weltliteratur geschafft, in Franz Kafkas Erzählung «Die Verwandlung» schleudert Gregor Samsas Vater voller Verachtung einen Apfel auf seinen verängstigten Käfersohn, der in dessen Panzer stecken bleibt und eine schwärende, letztlich todbringende Wunde zeitigt. Wenn mit Tomaten und faulen Eiern geworfen wird, dann ist das wenigstens ein unmutsbezeugendes Statement, aber ein geworfener Apfel? Man will dem Apfel immer zurufen: Wehr dich, tu was, lass dich doch nicht immer manipulieren, aber er ist nur ratlos, wird nicht mehr Fuß fassen können, glotzt nur doof. Ein ehemals singulärer Charakter hat den Wettbewerb gegen die anderen Karrieristen verloren und aufgegeben, eine Monopolfrucht, die nicht mehr um die Macht kämpft, sondern die Waffen gestreckt hat. Andererseits möchte man sie aber auch bewahren vor der Plage des Relaunch, auch wenn der letzte richtige Relaunch sehr lange her ist, als nämlich irgendwelche verrückten Frankensteine in unterirdischen Laboratorien in Südafrika den Golden Delicious züchteten, zynisch Kulturapfel genannt. Aufgrund seiner starken Süße und der gelben, mit dunklen Sprenkeln versehenen Schale wurde er in den 1980er Jahren umgangssprachlich auch Bananenapfel ge-

Zankapfel Apfel

nannt. Und das ist nun wirklich kein schmückendes Etikett, eher Niedertracht, denn was wäre *noch* charakterloser als ein Apfel? Bananen. Die deutsche Frucht. Wo kommt das wohl her, dass Deutschland mit großem Abstand den höchsten Prokopfverbrauch an Bananen hat? Es gibt auf unserem Globus nur eine zweite Spezies, die so wild auf Bananen ist wie die Deutschen, und das sind Affen; Darwins letztes Puzzleteil, hier ist es, die Menschheit stammt vom Deutschen ab. Wenn ich an Bananen denke, spät in der Nacht, wird mir schlecht, richtig übel, Bananen machen unselbständig, ängstlich, passiv, das haben sie im Charakter, ist ja wenigstens etwas, das unterscheidet sie vom Apfel.

Und wenn ich jetzt an das Tischtennisspiel mit Klaus Meine denke, da im Keller seiner Villa in Hannover, und Claudia Schiffer als Schiedsrichterin, und sie trinkt keinen Gin Tonic, wie ich mir vorzustellen vorhatte, sondern isst stattdessen einen Golden Delicious, dann wollte ich doch lieber, dass Klaus das Match gewönne, so deutsch kann ich gar nicht sein, hier in der deutschesten Stadt mit dem deutschesten Musiker und der deutschesten Frau.

Traurig gehe ich in die Hannoveraner Nacht, es regnet. Ich habe verloren, nicht nur das Match, sondern auch Claudia Schiffer, besiegt letztlich durch einen Apfel. Wenn der Apfel ein Musikgenre wäre, welches wäre das? Dem Frühwerk der Scorps bleibe ich trotz allem treu. «Speedy's Coming», ein Lied zum Mit-ins-Grab-Nehmen, Power Metal der ersten Generation, das ist der Apfel schon mal nicht. Die Lösung ist eigentlich leicht und liegt auf der Hand, und als ich draufkomme, hört der Regen auch schlagartig auf, die Wolken schieben sich beiseite, der Himmel weitet sich, aus einem überzähligen Sternenhaufen versuche ich das Sternbild der Fliege herauszufiltern, Claudias und mein Verbindungsglied, und mit einem Mal ist sie da, die Erkenntnis: Äpfel, das ist Nu Metal, das mit überwältigendem Abstand charakterloseste Genre der Musikgeschichte, mit Bands wie Linkin Park und Limp Bizkit, die auseinanderzuhalten nur wenigen Versierten gegeben ist. Wenn es einen Gott gäbe, hätte er Äpfel und Nu Metal nicht zugelassen, aber dass es Gott gibt, beweist doch alleine die Existenz von Claudia Schiffer, sie ist die schönste Blume in Gottes Garten, und ich bin jetzt ganz froh, dass ich sie nicht gepflückt habe, es mit ihr und mir nicht geklappt hat, denn wäre das nicht eigentlich Blasphemie, wäre es nicht die Nachstellung des Sündenfalls, hätte ich nicht gar Gott versucht? Und ist der Tischtenniskeller Klaus Meines nicht das Paradies, aus dem ich mich selbst vertrieben habe, um das Schlimmste zu verhindern? Da saß sie, Claudia auf einem Barhocker, wie Marlene Dietrich im Blauen Engel auf der Tonne, mit goldenem Zylinder und übergeschlagenem Bein und reicht mir den Apfel, und ich nehme schreiend Reißaus. Wie heißt die verschollene erste Platte der Scorps? «Cold Paradise». Niemand besitzt sie, niemand weiß, ob sie wirklich existiert. Ist sie Einbildung, Wunschdenken, hat man die Bänder gestohlen, hat man darauf verzichtet, sie zu veröffentlichen, weil sie einfach *zu* gut für diese Welt ist? Mehr noch ist indes zu vermuten, dass die Platte die vollständige Theorie von ALLEM ist: Wie alles zusammenhängt, das GROSSE GANZE, Gottes Bauplan. Also etwas, das zu begreifen die Menschheit noch immer nicht in der Lage ist, was man wiederum daran erkennen kann, dass sie im Sommer Äpfel essen will.

Sebastian Schnoy

Privat bin ich Profi

Ich weiß nicht, wie viele Jahre noch vergehen müssen, bis endlich alle, die bei mir anrufen, merken, dass ich vor Mittag nicht zu sprechen bin. Ich gestehe es hiermit schwarz auf weiß, und es kann damit auch gerichtlich gegen mich verwendet werden: Vor zwölf Uhr nehme ich keine Anrufe entgegen, keine Termine wahr, fange ich nicht einmal an zu arbeiten. Gerade in unserem Land kommt diese Offenheit an Dramatik dem Geständnis gleich, ich würde hin und wieder Nachbarn einfangen, mit der Kettensäge zerteilen und in Müllsäcke stopfen. «Früher Vogel fängt den Wurm», sagen da viele. Mag schon sein. Aber was heißt das eigentlich für den Wurm? Er kann doch nur zu einer Erkenntnis gelangen: Lange liegen bleiben ist das Sicherste, was man machen kann. Mir geht es ähnlich. Bei wissenschaftlichen Versuchen, früher aufzustehen – ich habe es also durchaus schon versucht –, stieß ich verschiedene Gegenstände um, die zum Teil dunkle Flüssigkeiten auf hellen Teppichen verteilten. Ich setzte mich an meinen Schreibtisch und schlief beim Versuch, irgendetwas Kreatives hinzukriegen, wieder ein. Aber was verpasse ich eigentlich zwischen sechs und zwölf? Frühaufsteher müssen ihr Auto ab November oft mühselig von Eis befreien, berichten von schlimmen Wintereinbrüchen, die am späten Vormittag hingegen längst geräumt, wenn nicht geschmolzen sind. Dann reihen sie sich in riesige Staus

Privat bin ich Profi

ein und fahren, zumindest in meiner Stadt, im Schritttempo durch den Elbtunnel oder über die nach demselben Fluss benannten Brücken. Schon aus sozialer Verantwortung halte ich mich da raus, ich will den Stress für die Pendler nicht noch erhöhen. Falls Sie mal wieder morgens irgendwo festsitzen oder in der U-Bahn keinen Sitzplatz bekommen, denken Sie an mich, ich bin daran unschuldig. Andere belästigen immer wieder meinen Anrufbeantworter mit Sprüchen wie «Hey, aufgestanden, du fauler Sack, hier ist Wolfgang». Wobei ich bei Wolfgang nicht mal abnehme, wenn ich putzmunter neben dem Telefon sitze. Einige besonders hartnäckige Bekannte begrüßen mich ausschließlich mit dem Satz: «Na, schon wach?» Ganz gleich, ob wir uns nachmittags oder am Abend treffen, sie tun so, als verbrächte ich den größten Teil meines Lebens schlafend in einem Sarg. Wer nicht früh aufsteht, macht sich verdächtig, nicht richtig zu arbeiten, und darauf steht bei den Deutschen – wäre sie nicht schon verboten – die Todesstrafe. Deshalb soll mich eine im nächsten Satz eröffnete Gegenrechnung entlasten: Wenn ich von zwölf bis fünfzehn Uhr über meinen Texten brüte, anschließend in ein gottverlassenes Nest mit dem Namen Klein Breese fahre, um dort eine Vorstellung in der Reihe «Kultur in der Südheide» zu geben, dann bin ich frühestens gegen Mitternacht wieder in Hamburg, komme also auf zwölf Stunden verdammt harte Arbeit. Aber das zählt nicht. Was zählt, ist, ob ich am nächsten Morgen um acht abnehme. Ich erweitere meine Gegenrechnung: Onkel Klaus-Peter, einer meiner strengsten Kritiker («Was machst du eigentlich tagsüber?»), steht, obwohl er Rentner ist, jeden Tag um sieben auf, schneidet bis elf Zeitungsartikel aus, um sich sofort nach dem Mittagessen wieder für zwei Stunden hinzulegen. Am Nachmittag heftet er dann die Artikel nach Themen geordnet in Leitzordner und schläft am Abend kurz nach der Tagesschau in seinem Sessel ein: Macht summa summarum schlappe sechs Stunden Arbeit. Vor diesem Hintergrund brauche ich mich wirklich nicht zu schämen. Im Übrigen kann kein Schriftsteller jeden Tag zwischen acht und siebzehn Uhr, einem Versicherungsangestellten gleich, auf seine Schreibmaschine eintippen. Kreative Energie bewegt sich in etwa so wie der Verkehr auf den Straßen. Mal kommt man schnell durch, mal staut er sich und kommt zum Stillstand. Niemand würde im Stau behaupten, es sei das Beste, einfach Vollgas zu geben. Nein, man muss abwarten. Und das muss der Künstler auch, denn beim Warten lichtet es sich, und irgendwann geht es weiter.

Aber jetzt die gute Nachricht für alle, die erwägen, selbst den Beruf des Schriftstellers zu ergreifen: Die Zeit des Abwartens, wenn eine Idee ins Stocken gekommen ist oder eine neue ausgebrütet werden will, nur in unserem Kopf, für niemanden sichtbar, diese Zeit gilt als Arbeitszeit. Und es ist das Beste, sie nicht verzweifelt vor dem Schreibtisch zu verbringen, nein, es ist vielmehr sinnreich, sie möglichst nett zu gestalten. Denn diese dringend benötigte Idee für den Plot eines Romans reift viel besser, wenn wir uns amüsieren, auf Reisen gehen oder einfach auf dem Sofa liegen. Sie zündet vielleicht genau in dem Moment, in dem wir, bei fremden Menschen untergehakt, laut «Ich bin der Anton aus Tirol!» grölen, uns vor der Ausfahrtschranke im Parkhaus das Ticket herunterfällt oder nachdem wir einfach im Gras einge-

Privat bin ich Profi

schlafen sind und wieder erwachen. Jetzt geht es natürlich zurück ins Schreibzimmer, und jedes Buch wird dann, in tagelanger Nachtarbeit, in einem Zuge zu Ende gebracht. Schließlich würde auch niemand im leeren Elbtunnel, durch den man einfach so durchrauschen kann, anhalten, nur weil Feierabend ist.

Neulich kaufte ich mir zur Beschleunigung meines Schreibflusses eine zeitgemäße Schreibmaschine. Über dem Eingang des großen Ladens am Hamburger Jungfernstieg hing die Silhouette eines weißen Apfels, der an der rechten Seite abgebissen war. Ich war unschlüssig, doch der Verkäufer, mit dem ich sprach, hatte den intensiven Blick eines Menschen, der in seinem Glauben gefestigt ist. Er erklärte mir, mit dieser Schreibmaschine könne ich auch Filme und Musik herunterladen, und ich sagte ihm, dass ich mit ihr aber ein Buch schreiben wolle. Ist es denn hilfreich, wenn eine Schreibmaschine in der Lage ist, einem jederzeit seinen Lieblingsfilm zu zeigen, und damit lockt, einen von mehreren hundert Songs abzuspielen oder wenn man in der kürzesten Gedankenpause dazu übergehen kann, sich ein Hotel in der Toskana zu buchen? Was, wenn meine Ärztin auf ihrem Ultraschallgerät auch jederzeit eine Folge von «Two and a Half Men» anschauen könnte? Wie zügig würde ein Dachdecker arbeiten, hätte er einen Hammer mit Kopfhörerbuchse, der in der Lage ist, vierhundert Titel zu speichern? Stünde die Welt nicht still, wenn jeder Mensch so von seiner Arbeit abgelenkt würde wie ein Schriftsteller? Der Verkäufer empfahl mir außerdem einen größeren Speicher, damit ich noch schneller noch mehr Filme herunterladen könne. Doch der

SEBASTIAN SCHNOY

ist nicht nötig. Ein Buch beansprucht kaum Platz auf einer Festplatte. Nach einem Jahr harter Arbeit an meinem letzten, rund dreihundert Seiten langen Roman musste ich feststellen, dass das Manuskript weniger Speicherplatz benötigte als ein einzelnes Foto. Wie lange braucht man, um ein Foto zu machen? Eine Viertelsekunde? Jüngst kritisierte ein Journalist der ZEIT, die jungen Schriftsteller seien bei weitem nicht so produktiv wie die alten Hasen, Böll, Lenz und Grass. Die tippten – und zwei von ihnen tun es noch heute – auf mechanischen Maschinen. Wie altmodisch. Siebenunddreißig Bücher schrieb ihr Kollege Johannes Mario Simmel auf einer «Gabriele», ebenfalls eine mechanische. Als er hörte, die Schreibmaschinen würden nun elektrisch und seine geliebte Gabriele solle nicht mehr hergestellt werden, kaufte er in blanker Panik fünfundzwanzig Exemplare des Auslaufmodells. Nach seinem Tod 2009 in Luzern fanden die Erben im Keller alle Maschinen noch originalverpackt. Aber ich bin kein Nostalgiker, ich schreibe gerne auf meinem Notebook. Geriet ich früher in Zweifel darüber, ob Heinrich VIII. zwei oder mehr seiner Ehefrauen köpfen ließ, stieg ich aufs Fahrrad, fuhr in die Staatsbibliothek, um mir dann auf Karteikarten ein Buch auszusuchen, das ich vergebens suchte, bis es mir eine Bibliothekarin mit einem Seufzen aus dem Regal zog. Zeitaufwand: ein Nachmittag. Heute erscheint mir das geradezu steinzeitlich. Gestern flog mich mitten im Text ein Zweifel an. Ich wollte wissen, wer während des gesamten Ersten Weltkrieges US-Präsident war. Wilson? Kein Problem, das ließ sich in Sekunden im Netz rausfinden. Den Text minimiert, den Browser aufgeschlagen, und schon zeigte mir ein roter Punkt auf dem E-Mail-Programm von

Privat bin ich Profi

Web.de drei neue Mails an, die ich natürlich schnell checken wollte, ich klickte auf das Mailprogramm, doch bevor ich die Mails lesen konnte, öffnete sich die Startseite von Web.de mit illustrierten Nachrichten. In Indien war ein vollbesetzter Bus in eine Schlucht gestürzt. Geschockt klickte ich mich durch eine Fotostrecke mit allen Schauspielerinnen, die schon mal etwas mit Charlie Sheen hatten. Zum Glück erkannte ich, auf welch abschüssigen Pfad ich geraten war, und klickte endlich auf die Mails, die ich vor den US-Präsidenten noch checken wollte, und neben zwei Spams war tatsächlich eine echte dabei, in der mich eine gute Freundin bat, bei Facebook für ihren neuen Song zu voten, was ich auch tat, bevor ich merkte, dass sich vier neue Leute mit mir anfreunden wollten, einer davon ein Fotograf aus San Francisco, sehr schmeichelhaft. Ich las an seiner Pinnwand etwas über Szenecafés in Südkalifornien und schaute mir gleich eins bei Streetview an, bis ich etwas erschöpft den Rechner herunterfuhr oder die Schreibmaschine, wie ich ihn bis dahin nannte, und während der Bildschirm schwarz wurde, kam mir eine Frage in den Sinn: Wer war eigentlich während des Ersten Weltkrieges US-Präsident? Als ich das letzte Mal mitten im Schreibprozess abdriftete und bei eBay nach Surfbrettern schaute, ersteigerte ich in einem weisen Moment doch noch eine Gabriele. Sie kam frisch verpackt, dabei wird sie seit langem nicht mehr hergestellt. Hatte ich sie etwa aus dem Nachlass Simmels erstanden? Bei einem Selbstversuch stellte sich dann auch heraus, dass meine Produktivität sprunghaft auf das Niveau der großen Nachkriegsautoren stieg.

SEBASTIAN SCHNOY

Eine besonders schlimme Seuche, die in jeder modernen Schreibmaschine anklickbar ist, war weder Hemingway noch einem anderen Klassiker bekannt: Amazon. Ich gebe es so ungern zu wie alle meine Schriftstellerkollegen, auch die in diesem Buch versammelten, keiner mag darüber sprechen, aber wir tun es so oft, dass man schon von einer ernst zu nehmenden Sucht sprechen kann: der Sucht, immerzu gucken zu müssen, wie die eigenen Bücher so bei Amazon laufen. Das ist ähnlich entwürdigend wie bei Google seinen eigenen Namen einzugeben, auch das machen Schreibende, vor allem, wenn sie gerade nicht ihren Namen bei Amazon eingeben. Dort ist es eine ganz bestimmte Zahl, auf die sie starren wie die Sonnenblume ins Licht: der Verkaufsrang. Leser nehmen diese Zahl bei einer Bestellung meist gar nicht wahr, sie interessieren sich für Inhalte und schöne Bücher. Aber für Autoren ist der Verkaufsrang die Droge, um einen Tag zu einem glücklichen zu machen. Dafür muss dieser Verkaufsrang niedriger sein als beim letzten Mal, als man guckte, sonst ist der Tag natürlich gelaufen. Im Gegensatz zum Bestsellerregal im Buchladen bildet diese Liste nicht nur die zwanzig erfolgreichsten Bücher ab, sondern ALLE lieferbaren, und das sind wohl einige. Das erfolgloseste Buch, das Amazon je angeboten hat, war auf dem Platz 1 732 302. Das wäre für einen Autor völlig in Ordnung, gäbe es da nicht 1 732 301 andere Titel, die besser laufen. Ich weiß, ich rede mich hier um Kopf und Kragen. Als Schriftsteller geht es doch darum, das Leben aufzusaugen, zu verdichten und aus ihm eine Art hochveredeltes Substrat zu gewinnen, geniale Geschichten eben, die erzählt werden müssen. Zu so etwas Profanem wie Verkaufszahlen sollte man sich niemals

Privat bin ich Profi

herablassen. Und trotzdem tun wir es. Nach dem dritten Glas schweren Rotweins haben mir schon etliche Kollegen Beichte abgelegt, genau erzählt, wie oft sie nach dem Ranking schauen. Bei frisch erschienenen Büchern stündlich. Es spricht auch nichts dagegen, sich nachts noch einmal zu vergewissern; wer eh oft rausmuss, ist im Bilde. Dabei ist immer nur die Tendenz entscheidend. Wer sich zunächst über den Aufstieg in die Top 1000 freut und deshalb zum Feiern einlädt, kann sich vier Wochen später schwarzärgern, wenn er von Platz 12 wieder auf Platz 17 fällt.

Noch perfider als das Ranking ist jedoch, dass die Suchmaschine dieses monströsen Onlinehändlers schon bei der Eingabe des ersten Buchstabens erraten will, welches Buch man wohl kaufen möchte. Ich glaube, es ist jetzt der Moment gekommen, an dem ich über mein Schnorchelset-Trauma berichten sollte. In einer meiner dunkelsten Stunden, als ich meinen Nachnamen in die Suchmaske von Amazon eingab, ohne zu ahnen, dass ich dies später einmal den Lesern dieses Buches beichten würde, passierte Folgendes: Schon als das «S» eingetippt war, ging die Maschine davon aus, dass ich wohl ein Buch von Simon Beckett kaufen wolle. So weit, so gut, ein sehr erfolgreicher Autor aus England, kein Problem, ich mache mir keine Illusionen. Ich tippte einfach den zweiten Buchstaben ein «Sc» und Amazon meinte, ich sei wahrscheinlich auf der Suche nach dem Titel «Schlank im Schlaf». Das rüttelte mich wach. Hatte ich mit meinen Büchern einfach auf weniger erfolgreiche Themen gesetzt und einen Trend verschlafen? Schlank werden und mit dem Rauchen aufhören sind und bleiben Top-Themen. Das hätte ich wissen müssen. Vielleicht sollte ich meinem Verlag ein Buch mit dem Titel «Im Schlaf mit dem Rauchen aufhören» vorschlagen. Für viele ist die im Bett gerauchte Zigarette eh die letzte. Aber ich wollte mich von der Suchmaschine nicht verrückt machen lassen. Zu schnell haben in den letzten Jahren die Megathemen einander abgelöst. Schon meine Mutter brachte den Satz, vor dem wir Schriftsteller uns am meisten fürchten. Sie schaute mich einmal ermunternd an und fragte: «Warum schreibst du nicht mal so was wie Harry Potter?» Seitdem ist mir auf Partys, in Kneipen und von Nachbarn empfohlen worden, ich solle doch mal etwas mit Vampiren machen, ein richtig schmutziges Buch, etwas mit Sado-Maso-Praktiken oder einfach über Glück. In meinen schwächsten Momenten schreibe ich in Gedanken an einem Manuskript über einen Zauberlehrling, der in einem Sado-Maso-Club zum Vampir wird und im Laufe des Buches mit dem Rauchen aufhört, abnimmt und sein Glück findet. Übrigens: Die meisten Leute, die «Sch» eingeben, suchen beim größten Buchhändler im Internet nach Schuhen. Das war okay für mich. Das tröstet. Schuhe sind so elementar wie Lebensmittel, da konnte ich nichts ausrichten. Und doch hackte ich jetzt meinen ganzen, wirklich nicht langen Nachnamen in die Tasten, um neben Simon Beckett, Schuhen und Abnehmbüchern nicht noch weitere Erfolge präsentiert zu bekommen, auf die leider nicht ich gekommen bin. Und ich weiß auch nicht, warum ich, als mit «Schno» wirklich nur noch ein Buchstabe fehlte, warum ich also in diesem Moment doch noch einmal auf den Bildschirm schaute, aber ich tat es. Und da musste ich mich der entsetzlichen Wahrheit stellen, dass Menschen, die «Schno» bei Amazon ein-

Privat bin ich Profi

tippen, anscheinend seltener auf der Suche nach meinen Romanen sind als nach einem – es fällt mir schwer, dies zuzugeben: nach einem Schnorchelset! Aber in solchen Niederlagen wächst man auch. Ich jedenfalls habe mir fest vorgenommen, dereinst wenigstens erfolgreicher zu werden als dieses verdammte Schnorchelset. Wer weiß, vielleicht wird Amazon den Schnorchelfans irgendwann mit meinem Buch kommen, und vielleicht entscheidet sich der eine oder andere dann, den Urlaub lieber lesend am Strand zu verbringen, als die Fische in der Bucht zu erschrecken. Das ist mein Traum, und für den kämpfe ich.

Zum radikalsten Mittel habe ich nur einmal gegriffen und mich dann nie wieder getraut. Nachdem mein Debütroman in einem ganz kleinen Verlag, der genauso unbekannt war wie sein einziger Autor, erschienen war, betrat ich eine der großen Buchhandlungen mit Rolltreppen darin. Im Rucksack ein paar Exemplare des Erstlings, den die Ignoranten aus dem Buchhandel nicht bestellen wollten. Da eine alte Faustregel sagt, am erfolgreichsten verkaufen sich erfolgreiche Bücher, entfernte ich aus dem roten Bestsellerregal, in dem jeder Titel der Top 20 ein eigenes Fach hat, kurzerhand den Wälzer aus dem Fach mit der Nummer 1 und stellte drei Exemplare meines Buches hinein. Ich glaube, das war einer der aufregendsten Augenblicke in meinem Leben. Ich konnte damit zwar nicht meine Einnahmen erhöhen, hatte ich die Exemplare doch zuvor selbst von meinem Verlag kaufen müssen, aber vielleicht ließ sich das Buch so ins Gespräch bringen. Und in der Tat, kaum lag mein Werk auf Platz 1, griff eine Frau zu, schaute den Buchrücken an und ging dann zur Kasse. Mein Puls stieg merklich an, und die Schlange am Tresen wurde länger und länger, da mein Büchlein keinen Code zum Einscannen hatte. Dann trat eine weitere Frau an das Regal, nahm alle verbliebenen Exemplare meines Bestsellers in die Hand und schaute sie lange prüfend an. Es war die Buchhändlerin. Ich huschte aus dem Laden, denn Hausverbot im Buchladen ist für einen Schriftsteller peinlich.

Am selben Abend ging ich auf eine jener Partys, welche nur aus einer Menge murmelnder Menschen bestehen, die auf Tischkanten oder dem Boden sitzen, in den Händen Flaschen eines Szenebiers aus dem Ostblock. Leider lauern dort andere unausweichliche Fragen auf einen, die ein ausgeprägtes Schnorchelset-Trauma verstärken können. Sie kommen immer, immer wieder. Erst beantwortet man diese Fragen geduldig, dann zeigt man Empörung, sobald sie auftauchen, dann antwortet man wieder ein paar Jahre mit Engelsgeduld und verzweifelt heimlich dabei. Tröstlich ist nur, dass auch andere Künstler mit diesen Fragen gequält werden. Die Tänzerin bekommt immer wieder zu hören: «Na ja, das ist ja alles schön und gut, aber wie lange kannst du diesen Job machen?» Der Maler wird scheinheilig gefragt: «Am teuersten werden Ihre Werke sicher, wenn Sie heute auf dem Heimweg gegen einen Baum fahren, oder?» Schauspieler hören immer wieder «Aber wie können Sie sich nur so viel Text merken?», worüber sich Schauspieler besonders ärgern, denn sie wollen für alles gelobt werden, nur nicht dafür, dass sie Text auswendig lernen. Es gibt aber auch eine Frage, unter der wir Schreibenden gemeinsam leiden, und sie kommt in jedem ersten Gespräch mit absoluter Sicher-

Privat bin ich Profi

heit: «Soso, Sie sind also Schriftsteller. Können Sie denn davon leben?»

Wieso stehen wir Künstler eigentlich immer im Verdacht, nur gerade so über die Runden zu kommen? Vielleicht sollten wir energischer unseren Erfolg zur Schau tragen, so wie es die Rapper vormachen. In ihren Videos singen sie die erste Strophe vor ihrer fetten Floridavilla, die zweite am Pool vor den rotierenden Popos ihrer kostbaren Freundinnen, die dritte im offenen Cadillac, und in jedem Refrain halten sie abwechselnd ihre goldene Halskette oder die zwei Pfund schwere Armbanduhr ins Bild. Bei denen fragt niemand, ob sie von ihrer Kunst leben können.

Ich hatte an diesem Tag schon versucht, einen roten Passat auf Raten zu kaufen, und auch dabei gemerkt, dass das Vertrauen in die Einkommensverhältnisse von Künstlern begrenzt ist. Nachdem ich über einen zugigen Platz mit vielen, im Wind knatternden Wimpeln zu einer Art Bürocontainer gegangen war, traf ich in ihm auf einen sehr fröhlichen Verkäufer mit Mickey-Mouse-Krawatte. Eine Finanzierung sei überhaupt kein Problem, beschied er mich und fragte mich beim Ausfüllen des Kreditvertrages plötzlich: «Was machen Sie beruflich?» Ich beneide Menschen, die in so einem Moment keine Sekunde zögern, sondern einfach kurz wie wahrheitsgemäß «Zahnarzt» sagen oder «Fliesenleger». Ich aber überlegte. Schriftsteller? Gut, warum nicht, aber da ich wusste, wie insolvent das klang, entschied ich mich diesmal für einen meiner anderen Berufe. Stand-up-Comedian, das war ich auch, allerdings ist das Wort in diesem Land eher Jüngeren bekannt, und der Inhaber von Fun Cars Stellingen war etwas älter. Selbst die deutsche Ausgabe von Microsoft Word kennt keinen Stand-up-Comedian und unterstreicht das Wort rot. Ich entschied mich für die Übersetzung «Komiker». Inzwischen starrte mich der Verkäufer schon an, da ich so lange überlegte, und dann fiel mir ein, dass ich mich zwar entschieden, aber noch nichts gesagt hatte. «Was machen Sie beruflich?», wiederholte er. «Ist nur für die Bank.»

«Komiker», sagte ich.

Er reagierte mit schallendem Lachen, wischte sich die Tränen aus den Augen, um erneut den Stift anzusetzen, und sagte: «Der war gut, Spaß muss sein, aber nun im Ernst, was machen Sie beruflich?» Der Ratenvertrag ist nicht zustande gekommen.

Wenn man solche verwirrten Tage schließlich damit beendet, dass man sich wieder hinlegt, strömen einem mit etwas Glück auch die guten Seiten dieses Lebens durch den Kopf und den Bauch. Es gibt keinen Beruf, in dem Armut so derart lässig, ja prestigeträchtig ist wie bei Schriftstellern. Drogen- und Alkoholmissbrauch, jede Form von Eskapaden sind nicht mehr als Materialsuche, Studien für das nächste Werk. Ja, selbst wenn schon körperliche Vernachlässigung festzustellen ist, ausgefranste Kleidung, dann wird es einem – wie beim französischen Skandalautor Michel Houellebecq, der bei seinen Interviewterminen stets betont ungeduscht und verwahrlost erscheint – eben nicht als das angekreidet, was es ist: Verwahrlosung und Ungeduschtheit, sondern als Zeichen der vollen Konzentration auf das eigene, geniale Werk. Mit dieser Gewissheit lässt es sich gut einschlafen, auch wenn man nicht mehr in der Lage war, sich vorher auszuziehen.

Matthias Sachau

Tiefschnee

Im Nachhinein betrachtet war es natürlich ein Riesenfehler, noch einmal zurückzugehen. Aber das ist ganz normal bei mir. Ich habe keinen Instinkt. Mein Leben ist in Ordnung, ich mache meinen Job gut, habe Freunde, aber siebter Sinn, Bauchgefühl, nichts.

Ganz anders mein Freund Sebastian. Manchmal glaube ich, er besteht nur aus Instinkt. Wie er zum Beispiel unsere Skiwoche in den Glarner Alpen organisiert hat: sucht in fünf Minuten aus tausend Miethütten die einzige aus, bei der wirklich alles stimmt, entscheidet sich für die Woche mit dem besten Wetter und, seine größte Instinktleistung, fährt dann selbst nicht mit. Grippe im Anzug, hat er gesagt. Von wegen. Er hat alles geahnt. Meine Theorie.

Ich habe natürlich nichts geahnt. Höchstens das eine, nämlich dass es Ärger mit Flavio geben würde. Kennen Sie bestimmt auch, diesen Typ. Barkeeper, exotischer Name, Südländer-Teint und kann genau zwei Sachen: Drinks mixen und Frauenherzen zum Schmelzen bringen. Jetzt glauben Sie sicher, ich bin nur neidisch, und damit haben Sie natürlich recht. Aber eins möchte ich doch mal sagen: Keiner interessiert sich bei den ganzen Flavios, Rodrigos, Miguels, und wie sie alle hinter den Tresen unserer schicken Bars heißen, für deren Vergangenheit. Bevor wir losgefahren sind, habe ich Julia zum Beispiel gesagt, ich könne mir durchaus vorstellen, dass Flavio schon ein paar Menschen umgebracht hat, bevor er zu uns nach München gekommen ist. Sie hat, glaube ich, fünf Minuten am Stück gelacht.

Julia war die zweite Mitfahrerin. Kennen Sie bestimmt auch, diesen Typ. Luxusverwahrlost. Zu viel Geld geerbt. Ich meine, wir wollten ein wenig in die Glarner Alpen fahren, und Julia? Kaufte eben mal schnell einen Geländewagen. Und nicht irgendeinen. Gleich einen Porsche Cayenne. Aber nicht, dass Sie glauben, sie hätte vorher ihren Jaguar verkauft. Und weil das Leben ungerecht ist, sah sie mit ihrer wilden Mähne, ihren Lachgrübchen und ihrem Elle-McPherson-Körper auch noch so aus, dass sich jeder Skianfänger sofort für sie eine Steilpiste hinuntergestürzt hätte.

Aber gut. Was Aussehen betrifft, musste sich Annette, die Dritte von uns, nicht unbedingt hinter ihr verstecken. Kennen Sie auch, diesen Typ. Rehaugen, schlank, geheimnisvoll, verschlossen. Aber wenn sie einmal lächelte, ging die Sonne auf, als wäre es zwölf Uhr mittags bei wolkenfreiem Himmel auf dem Gipfel des Mont Blanc. Dass Annette, ähnlich wie ich, fast chronisch Single war, galt in unserer Stadt durchaus als Mysterium.

Der Vierte im Bunde war dann ich, und damit hatten wir den Wagen auch schon voll. Sebastian und seine Frau waren ja abgesprungen. Leute, die mich verspotten wollen, würden jetzt sagen, dass wir doch zu fünft waren, mein iPad war ja mit dabei. Meine Exfreundin hat nämlich nach unserer Trennung jedem, der es hören wollte, erzählt, ich würde elektronische Geräte wesentlich einfühlsamer behandeln als Menschen. Ziemlich bösartig, wenn Sie mich fragen, aber lassen wir das jetzt.

MATTHIAS SACHAU

Wir rauschten also zu viert in Julias Cayenne über die Autobahn. Sie am Steuer, ich Beifahrer, hinter mir Annette, hinter Julia Flavio. Die Rückbankbesatzung schlief. Julia redete schon seit einer halben Stunde mit der Freisprechanlage, und ich hatte mir aus Langeweile ihre Zeitung genommen. Auch wieder typisch Julia. Abitur und Hochschulabschluss, aber kauft die Bild.

Der Axtmann hatte wieder zugeschlagen. Das war schon etwas speziell. Woche für Woche wurde ein Mensch aus dem Münchener Yuppie-Milieu in zwei Teile gehackt. Und immer wieder verhaftete die Polizei scheinbar eindeutig Verdächtige, die dann wieder freigelassen wurden, sobald der nächste Mord passiert war. Wir hatten uns schon ein bisschen daran gewöhnt. Interessant nur, wie die verschiedenen Zeitungen damit umgingen. Der Boulevard schlug sich darum, wer dem Unmenschen den verbindlichen Markennamen gab, und die Bild hatte mit *Axtmann* wieder einmal die Nase vorne gehabt. Die Bürgertum-Blätter berichteten dagegen erst einmal kühl und knapp, holten aber dann für die Wochenendausgaben Fachleute heran, die ihre Theorien über Täter und Motiv über ganze Seiten hinweg breittreten durften. Ein Bisexueller, der unter einer Extremform von Eifersucht leidet, behauptete letztes Wochenende ein berühmter Psychologe in der Süddeutschen. Liebt und hasst seine Opfer zugleich. Deswegen: in zwei Teile hacken. Hörte sich erst einmal plausibel an, aber je mehr ich darüber nachdachte, umso mehr kam es mir vor wie der Einfall eines drittklassigen Krimischreibers.

Ich las noch den Sportteil, legte die Bild weg und ärgerte mich, dass mein iPad unerreichbar in meiner Reisetasche im

Tiefschnee

Kofferraum lag. Weil Julia immer noch redete, vertrieb ich mir die Zeit, indem ich über unsere Skigruppe nachdachte. Lustig, was man alles für Teilungslinien durch das Auto legen konnte. Es kam immer etwas Sinnvolles dabei heraus. Vordersitze: gute Skifahrer (Julia und ich), Rücksitze: Anfänger (Annette und Flavio). Rechte Autoseite: Single und nicht glücklich damit (Annette und ich), linke Autoseite: Single, um frei zu sein für alles, was da kommt (Julia und Flavio). Und die Frauen: beide kurz vor dem Sprung in ein anderes Land. Annette Job in Brasilien, Julia Indientrip. Wir Männer: bis auf weiteres in München verwurzelt. Und so weiter. Jede Menge perfekter Pärchen. Die entscheidenden Dinge würden sich aber erst im Lauf des Urlaubs finden. Flavio und ich würden uns am Anfang ein Schlafzimmer teilen und Julia und Annette das andere. Nach ein paar Tagen würde es einen Wechsel geben. Flavio würde mit einer der beiden Frauen ein Zimmer in einen Tempel der Lust verwandeln, während ich mit der anderen die restliche Zeit über reden, lesen und Postkarten schreiben würde. Ja, so würde es leider sein. Ich bin Realist. Und irgendwie würde es am Ende Ärger mit Flavio geben. Das hatte ich, wie gesagt, ausnahmsweise im Blut.

Mit einem Cayenne und Julia am Steuer brauchte man natürlich nicht lange, um in die Glarner Alpen zu kommen. Mittags in Murschetg holten wir den Hüttenschlüssel ab und aßen eine Kleinigkeit. Dann ging es rauf in die Höhe. Ohne Schneeketten. Julia halt. Ging aber gut. Wahrscheinlich war jeder einzelne Winterreifen an diesem Auto so teuer wie ein Versace-Kleid.

Die Hütte war noch schöner, als ich sie mir vorgestellt hatte. Flavio hatte sich um die Essensvorräte gekümmert.

Auch das war eine angenehme Überraschung. Muss ich ehrlich sagen. Was er da aus seinen Kisten auspackte, sah nicht nach Ex-Mörder aus, sondern nach Lieblingssohn eines italienischen Feinkosthändlers. Dann die Schlafzimmerbelegung. Flavio ließ mir großzügig den Vortritt bei der Wahl von Betthälfte und Schrankabteil, und ich hasste ihn dafür. Es konnte ihm ja so egal sein, weil er eh bald das Bett wechseln würde. Meine Theorie.

Dann die ersten leichten Spannungen. Sie werden das vielleicht nicht verstehen, aber ich bin so einer, der erst einmal stundenlang jeden Quadratmeter seiner neuen Umgebung untersuchen muss, bevor er sich dem Urlaub hingibt. Ich will alle Abstellkammern, Schränke und Schubladen persönlich kennenlernen. Und ich muss für alle Sachen den perfekten Platz finden. War natürlich klar, dass die anderen schon lange auf den Skiern standen und ungeduldig mit ihren Stöcken klapperten, während ich noch meine Tasche ausräumte. Wenigstens das iPad wollte ich noch würdig ablegen. Und während die anderen rummoserten, machte ich eine wunderbare Entdeckung: Über meiner Betthälfte war eine breite Lücke in der Natursteinmauer. Genau in Greifhöhe. Und, glaubt es oder nicht, dort passte mein iPad exakt hinein. Samt Ohrhörer und Kabel. Das sind kleine Details, die mich sehr freuen können.

Ich stieg also munter pfeifend in meine Skistiefel und begab mich zu den anderen. Unsere Hütte stand auf einem einsamen Bergrücken. Um zur Piste zu kommen, musste man einen steilen Hang herunter und dann wieder einen kleinen Buckel hoch. Für gute Skifahrer hieß das Schussfahrt durch den Tiefschnee und Tempo aufnehmen, um

Tiefschnee

über den Buckel zu kommen. Für Anfänger wie Flavio und Annette dagegen hieß es Skier über die Schulter nehmen und losstapfen. Aus den Augenwinkeln konnte ich noch sehen, wie Flavio Annette nach ein paar Schritten die Skier abnahm. Das ist auch wieder so ein Unterschied. Egal welcher Frau ich anbieten würde, ihr die Skier zu tragen, sie würde mich für einen devoten Volltrottel halten. Skier tragen geht nur mit fremdländischem Akzent und perfektem Hundeblick. Meine Theorie.

Sie werden jetzt sagen, dass ich bei meinen ersten Metern Skifahren seit elf Monaten doch einfach mal durchatmen und an etwas Schönes denken sollte, aber ich habe es ja schon vorhin zugegeben: der Neid. Ein gemeines Gift. Und ehrlich gesagt, auch wenn ich vorhin anders getan habe, ein bisschen Hoffnung hatte ich mir bei Annette doch gemacht. Nun gut. Es war dann trotzdem ein sehr schöner erster Tag, und ich hatte am Abend noch viel Zeit, in und um unsere Hütte herum alles auszukundschaften. Neben dem Eingang gab es einen Skiraum. Jedes Schlafzimmer hatte eine Abstellkammer. An die Wohnküche war eine schöne Terrasse angebaut. Hinter der Hütte war, als Sportangebot für alle, die auch etwas für ihre Arme tun wollten, ein Hauklotz mit Axt und jeder Menge Holz. Ich versuchte es aus Spaß, war aber schon nach dem fünften Holzscheit durchgeschwitzt. Julia und Annette kicherten, und wir widmeten uns lieber dem Abendessen.

Der nächste Tag war wieder wunderbar. Blauer Himmel, weicher Schnee, kaum Schlangen am Lift, und meine neuen Skier gehorchten mir aufs Wort. Nur dass Annette unaufhaltsam Richtung Flavio dahinschmolz, nagte an mir. Am dritten Tag war er dann endlich am Ziel. Interessant nur, dass ich mich, was dieses betraf, einmal mehr völlig verschätzt hatte. Es war nämlich Julia, mit der er am Nachmittag plötzlich verschwand. Als Annette und ich nach Liftschluss zurück zur Hütte kamen, hatten die beiden das leere Zimmer, das eigentlich für Sebastian und seine Frau vorgesehen war, bezogen. Es drangen kaum Geräusche durch die Tür, aber wir wussten, dass wir hier besser nicht stören sollten.

Mir war schnell alles klar. Das ist so bei mir. Instinkt null, aber beim hinterher Analysieren großer Meister. Natürlich hatte es Flavio von Anfang an zu Julia hingezogen. Nicht dass sie körperlich so viel attraktiver als Annette gewesen wäre. Aber Julias Erfahrung. Das reizt so einen Viel-Frauen-Mann. Nur, bei einem verrückten Huhn wie Julia ziehen die üblichen Waffen wie Charme, gutes Aussehen und raffinierte Blicke nicht. Da muss man heroinsüchtiger Rock-Gitarrist, ölbeschmierter Automechaniker oder am besten Indianerhäuptling sein. Oder eben Eifersucht. Deswegen das Vorspiel mit Annette. Meine Theorie.

Das war natürlich nicht nett. Erst einmal Annettes Gefühle. Ganz klar. Aber meine schon auch. Soll ich Ihnen erzählen, wie unser Abend war? In der einen Ecke der Wohnküche kauerte Annette, bemüht, sich nichts anmerken zu lassen, und entsprechend schlecht gelaunt. In der anderen ich, verliebt in sie, aber spätestens jetzt völlig auf verlorenem Posten, weil, welche Frau will schon den zweiten Preis und so weiter. Ich habe das nicht lange ausgehalten und ihr vorgeschlagen, einen Spaziergang zu machen. Und sie? Sagt, sie möchte nicht, aber ich solle ruhig gehen. Ich musste dann natürlich sehen, dass ich rauskomme. Dabei hatte

Tiefschnee

87

ich ehrlich gesagt überhaupt keine Lust, alleine spazieren zu gehen. Es wäre mir sogar lieber gewesen, Annette hätte sich bei mir ausgeweint und in jedem Satz dreimal Flavio erwähnt.

So taperte ich unglücklich durch die Dunkelheit und versuchte die Pflichtzeit hinter mich zu bringen. Eine Stunde war das Mindeste. Sie musste weinen, mit dem Weinen aufhören, warten, bis die Augen etwas abschwellen, sich neu schminken und, ganz wichtig, sich darüber klarwerden, dass ich nicht schuld bin, sondern eigentlich ein ganz feiner Kerl. Da reichte eine Stunde vielleicht gerade eben so.

Insgeheim hoffte ich sogar, dass sie mich mit einem appetitlich gedeckten Abendbrottisch erwarten und dass wir bei einem Glas Rotwein wieder ein bisschen lachen lernen würden. Ich versuchte mich auf diesen schönen Gedanken zu konzentrieren, denn, Ihnen kann ich es ja sagen, bei Dunkelheit allein in freier Wildbahn ist nicht so mein Ding. Zu viel Stephen King gelesen. Wenn ich wenigstens das iPad mitgenommen hätte. Aber es ging ja mal wieder alles zu schnell.

Als ich schließlich nach einer Stunde mit abgefrorenen Zehen zurückkam, wartete kein Abendbrot auf dem Tisch, geschweige denn, ein gemütliches Feuer im Kamin. Annette war nicht zu sehen. Ich klopfte an ihre Schlafzimmertür. Sie sagte, ich könne reinkommen. Wie sie da im Nachttischlampenlicht in ihrer Skiunterwäsche auf dem Bett lag und ein Buch las, das war für mich ein Anblick wie aus dem Märchenbuch. Sie drehte sich zu mir und lächelte. Ich solle entschuldigen, wenn sie heute Abend so ein Gesellschaftsmuffel sei, aber sie habe eben Kopfschmerzen. Anstandshalber wollte sie noch wissen, wie mein Spaziergang gewesen sei. Das Zimmer war warm, und die Luft roch nach ihr. Ich stand so nah an ihrem Bett, dass ich nur noch meine Hand hätte ausstrecken müssen, um sie zu berühren. Trotzdem fühlte es sich an, als stünde in diesem Moment eine Stahlbetonwand zwischen uns. Es gibt natürlich Genies, die gerade in solchen Stahlbetonwandsituationen das eine richtige Wort finden, aber ich natürlich nicht. Ich sagte gute Nacht, machte mir ein paar Salamibrote in der Wohnküche und trank Rotwein, bis ich beschwipst genug war, um nicht ins Grübeln über mein Leben zu geraten. Dann wollte ich mich noch ausgiebig dem iPad widmen, aber der Spaziergang hatte mich so müde gemacht, dass ich mich gerade noch aufs Bett werfen und einschlafen konnte.

Als ich richtig wach war, war alles schon vorbei. Nur das Rumpeln und Krachen, das ich zunächst in meinen Traum eingebaut hatte, dröhnte noch in meinen Ohren, als Annette kreidebleich durch die Tür gestürzt kam und sich in meinen Arm krallte. Wenige Augenblicke später traten wir in unseren hastig angezogenen Skianzügen vor die Tür. Der Mond schien hell genug, dass zu erkennen war, wie viel Glück wir gehabt hatten. Es musste eine Jahrhundertlawine gewesen sein, aber der Bergrücken, auf dem unsere Hütte stand, hatte sie wie ein Keil in zwei Hälften zerteilt. Links und rechts von uns zog sich eine grauweiße Spur der Verwüstung ins Tal. Wir schlossen die Tür wieder und rannten zu Julias und Flavios Liebesnest. Auf unser Klopfen kam keine Antwort. Wir öffneten.

Jetzt weiß ich nicht, ob Sie schon einmal in Ihrem Leben jemand Totes gesehen haben. Ich jedenfalls nicht. Und Julia

Tiefschnee

lag nicht nur tot, sondern auch noch in zwei gleich große Hälften zerteilt vor uns. In Filmen sind es immer Frauen, die Leichen finden und schreien. Aber da hätten Sie mich mal hören sollen. Daneben ging Annettes Schrei völlig unter. Trotzdem hatte ich mich als Erster wieder gefangen. Wir konnten nicht mehr helfen, das war klar. Aber wo war Flavio? Ich hatte ja geahnt, dass es Ärger mit ihm geben würde, aber dass *er* der Axtmann war, das hatte ich nicht geahnt. Ich packte Annette am Arm und zog sie weg. Sie sah mich an.

«Du glaubst doch nicht etwa ... Flavio?»

Ich nickte, und sie schien kurz davor, noch einmal zu schreien. Dazu muss ich sagen: Wie ich dieses stumme, grimmige Nicken hinbekommen habe, das hätte Steve McQueen nicht besser geschafft. Überhaupt, ich hatte keine Angst, konnte klar denken und fühlte mich sogar irgendwie richtig gut. Das ist vielleicht so bei uns Steven-King-Lesern. Solange nichts ist, haben wir vor jedem komisch geformten Baum Angst, aber wenn es wirklich ein Blutbad gibt, bleiben wir kalt wie Eis, weil wir ja schon die krassesten Dinge geistig durchlebt haben. Meine Theorie.

Ich schlich, Annette an der Hand hinter mir her ziehend, zurück in mein Zimmer. Die Tür schloss ich ab. Annette erstarrte für einen kurzen Moment, als ich unter mein Bett griff, aber ich holte keine Axt hervor, sondern meine Taschenlampe. Ich stieß Fenster und Fensterläden auf, leuchtete ein paar Sekunden in die Nacht und verrammelte das Fenster sofort wieder.

«Das Auto ist noch da. Entweder Flavio ist rausgegangen und die Lawine hat ihn erwischt, oder er steckt hier noch irgendwo. Und wenn er hier irgendwo ist, hat er wahrscheinlich die Axt dabei. Im Hauklotz steckt sie jedenfalls nicht mehr.»

Annettes Gesicht war jetzt jenseits von weiß. Viel konnte ich nicht tun, um sie aufzumuntern.

«Ich glaube, es ist wahrscheinlicher, dass er im Schnee vergraben liegt. Wir können uns nur nicht darauf verlassen. Wir verbarrikadieren uns hier, bis es hell wird. Dann nehmen wir den Wagen und versuchen uns durchzuschlagen. Wenn wir Glück haben, hat die Lawine die Straße verfehlt.»

«Hast du den Zündschlüssel?»

Scheiße. Der Zündschlüssel war natürlich in Julias und Annettes Schlafzimmer.

«Wir müssen ihn holen.»

«Nein!»

«Es geht nicht anders. Ohne Auto ist es zu gefährlich. Da draußen wären wir ihm ausgeliefert. Komm, wir müssen zusammenbleiben.»

Ich nahm einen Stuhl in die Hand und stellte mich neben die Tür.

«Du schließt jetzt auf und gehst dann sofort hinter mich.»

Sobald die Tür offen war, stürzte ich in den Gang und benutzte dabei den Stuhl als Schild. Von Flavio war aber weit und breit nichts zu sehen. Die Tür zum Damenschlafzimmer trat ich mit voller Wucht auf. Auch hier niemand. Sicherheitshalber sah ich, immer den Stuhl vor mich haltend, auch in der Abstellkammer nach. Annette fand derweil den Autoschlüssel in der Nachttischschublade. Wir flogen über den Gang zurück in mein Zimmer, schlugen die Tür zu und verbarrikadierten uns wieder.

Dann kam das Warten. Dass Julia tot war, wollte noch

Tiefschnee

nicht in meinen Kopf. Ich dachte an *Shining*, wie der wahnsinnige Schriftsteller sich mit der Axt den Weg durch die schützende Tür bahnte. Ich hatte einmal gelesen, dass sie bei den Dreharbeiten für diesen Film extra eine leichte Axt aus Blech für Jack Nicholson gebaut hatten, weil er eine echte Axt niemals so behände hätte schwingen können. Ein schwacher Trost.

Nie in meinem Leben ist die Zeit langsamer vergangen. Wir sprachen nicht. Hin und wieder versuchte ich Annette anzulächeln, aber ich war mir nicht sicher, ob ihr das wirklich Mut machte. Je länger nichts passierte, umso wahrscheinlicher war, dass Flavio von der Lawine mitgerissen worden war. Dachte ich. Um halb sechs stießen wir das Fenster wieder auf. Stille weit und breit. Wir rannten in der Morgendämmerung die zehn Meter zum Wagen. Als die ferngesteuerte Zentralverriegelung klackte, sah es so aus, als hätten wir es schon geschafft. Erst zu spät fiel mir im Auto ein, dass wir einen Fehler gemacht hatten. Ich fuhr herum. Flavio hatte sich aber nicht im Wagenfond versteckt, so wie es Thriller-Bösewichter immer tun. Durchatmen. Annette lächelte. Zum ersten Mal.

«Ich dachte im ersten Moment, du bist zusammengezuckt, weil dir eingefallen ist, dass du dein iPad vergessen hast.»

Und jetzt ich. Wirklich, warum ich sie in diesem Moment angrinste und tatsächlich die Tür öffnete und mich aufmachte, das Ding zu holen, weiß ich bis heute nicht. Es war so dämlich, dass ich es allein mit meinem mangelndem Instinkt gar nicht erklären kann. Der Anblick der toten Julia, der Stress der letzten Stunden, der eben durchlebte Schreck,

die ständige Angst, von Flavio zerhackt zu werden, irgendetwas musste das Entscheidungszentrum in meinem Hirn
völlig vernebelt haben. Vielleicht wollte ich auch einfach
nur Annette imponieren. Oder die Leute hatten recht, und
ich hing mehr an meinem Elektronik-Spielzeug, als ich zugeben wollte. Ich weiß es nicht.

Annette brüllte mir hinterher, ich solle den Scheiß lassen.
Ich sah aber nur noch einmal kurz über die Schulter und
dachte wieder an Steve McQueen, während ich breitbeinig
auf das offene Fenster zustapfte. Zuerst konnte ich das iPad
kaum finden. Es steckte so tief in der Lücke zwischen den
Steinen, dass ich mich fragte, was ich mir dabei gedacht
hatte. Als ich es schließlich mühsam herausgefingert hatte,
stellte ich fest, dass die Ohrhörer auf der anderen Seite der
Wand heruntergefallen waren. Ich zog am Kabel, aber sie
schienen irgendwo festgeklemmt zu sein.

Die andere Seite der Wand!

Das war die Abstellkammer von Julias und Flavios blut-
verschmiertem Liebesnest. Mir wurde heiß und kalt. Wenn,
dann hatte Flavio sich hier versteckt. Der Wahnsinnige hatte
sich in der Abstellkammer gelangweilt und Musik mit meinem iPad gehört. Er war mit den Ohrhörern in den Ohren
eingeschlafen. Und ich hatte eben daran gezogen! Ich rannte zum Fenster zurück und sah entsetzt, wie draußen der
Cayenne davonbrauste. Eine Sekunde war ich wie gelähmt.
Dann durchfuhr mich so etwas wie ein Blitz.

Es war alles ganz anders.

Ich machte kehrt und fegte durch das Zimmer auf den
Flur. Eine Sekunde später war ich bei der toten Julia, stieg
über sie hinweg und stürzte zur Abstellkammer. Die Tür

Tiefschnee

war abgeschlossen. Ich trat sie ein. Flavio lag in der linken Ecke. Oder besser gesagt, seine eine Hälfte lag in der linken Ecke. Seine andere Hälfte schmiegte sich an die Wand. Mein Ohrhörerkabel war um seine blutigen Finger gewickelt. Er musste es im Fallen mitgerissen haben. Der Axtmann war in Wirklichkeit eine Axtfrau. Bisexuell und pathologisch eifersüchtig. Der SZ-Psychologe hatte recht gehabt.

Es dauerte zwei Monate, bis mich die Schweizer wieder aus der Haft entließen. Kein Wunder. Die einzigen Fingerabdrücke auf der blutigen Axt neben Flavios Leiche stammten von mir, und die Münchener Axtmorde hörten schlagartig auf, sobald ich aus dem Verkehr gezogen war. Wäre nicht irgendwann die Kunde nach Europa durchgedrungen, dass sich das Phänomen der zerteilten Leichen nach Rio de Janeiro verlagert hatte, hätte mir wahrscheinlich nie jemand geglaubt, dass in Wirklichkeit die zarte Annette das Monster war.

Aber ich will mich nicht beklagen. Immerhin lebe ich noch. Und am Ende habe ich sogar mein iPad von der Polizei zurückbekommen. Nur die Ohrhörer waren nicht mehr zu gebrauchen. Wegen dem Blut. Aber das ist in Ordnung. Waren nur die weißen, die immer von Apple mitgeliefert werden. Die taugen eh nichts, weiß man doch.

Frank Schulz

St. Faber

Novelle (ruck, ja zuck bereits historisch)

Stultum facit fortuna, quem vult perdere.
(Das Geschick macht den, den es vernichten will, zuerst einmal
dumm.)
PUBLILIUS SYRUS

Heute, in der youporn-Ära, lächeln wir über Tröpfe wie
Prof. Dr. Philipp Quitting. Kurz vor der Jahrtausend-
wende noch galt er – seinerzeit 59, ledig, organisch sehr
gesund – als eher tragischer Fall. Zumal nachgerade Prota-
gonist einer Art damaliger «Science Fucktion» (wie unsere
reizende, ja aufreizende Archiv-Bitch zu scherzen pflegt;
chrrrrnnnnn ...).

Dieser bzw. jener Prof. Dr. Quitting, er ist bis auf den heu-
tigen Tag Insasse der geschlossenen Abteilung unserer welt-
bekannten Nervenklinik. Zwar hatte er zeitlebens unter der
Furcht gelitten, sein Onaniezwang möchte ihn eines Tages
ohnehin und sowieso den Verstand kosten. Dass aber vielmehr dessen bizarre Verquickung mit seiner, Prof. Dr. Quittings, Subphobie – der Angst nämlich vor der Technisierung
der Welt – dafür sorgen würde, machte die damalige Tragik
und macht die heutige Komik aus. In der MEGA-MEDIA-
Filiale unweit seines Lehrstuhls war Prof. Dr. Quitting eines
Montagmorgens vom hauseigenen Sicherheitsdienst über-
wältigt worden, noch während er einen jungen Angestell-

ten mit dem Joystick eines QV-Equipments vergewaltigte, welches dieser ihm achtundvierzig Stunden zuvor verkauft hatte. Dem Puzzle aus Prof. Dr. Quittings Informationsfragmenten zufolge, die er uns in den therapeutischen Sitzungen nolens volens enthüllt hat, muss die Verwandlung seiner Biographie in eine Gossenglosse vergleichsweise rasch vonstattengegangen sein.

Indes sich Prof. Dr. Quitting dem technischen Fortschritt – Microfiche, Fax, PC und so weiter – zeitlebens jeweils zunächst widerwillig, dann zornig, verzweifelt und schließlich willfährig anpasste, wobei er sich die grundlegenden Handgriffe von seiner Sekretärin erklären ließ, hatte er es hinsichtlich seiner sexuellen Entwicklung seit jeher mit Robert Walser gehalten: kategorischer Verzicht auf Frauen. Menschen, die ohne Gewalteinwirkung bluteten, empfand Prof. Dr. Quitting in der tiefsten Schicht seines Unterbewusstseins als hysterisch – nicht weniger übrigens sein eigenes stetes libidinöses Krampflösungsbedürfnis. Stünde Kastration nicht unter der Ägide der Technik, er hätte sie längst durchführen lassen. Seit seiner ersten Pollution, die einen zwölfstündigen Besenkammerarrest zur Folge gehabt hatte, war Prof. Dr. Quitting zwar all die Jahrzehnte um höchstmögliche Sublimation bemüht gewesen. Doch die Frequenz dieser peinlichsten aller Notdurften auf weniger als drei Verrichtungen pro Tag zu drücken war ihm nie geglückt.

Wunderbarerweise war dazu zeitlebens lediglich ein Minimum an Phantasieaktivität erforderlich gewesen. All die Jahrzehnte hatte eine einzige Vision zuverlässig ihren Zweck erfüllt. Es handelte sich um ein Szenario mit einer matronenförmigen Raumpflegerin, die ihm, Prof. Dr. Quitting, der in einer nach Bohnerwachs duftenden Besenkammer kauert, von oben herab die philosophische Kardinalfrage stellt, und zwar in sächsischem Idiom: «Was machst du denn da?» Bislang war sodann jeweils prompt Entspannung erfolgt.

Etwa sechs Wochen vor der persönlichen Tragödie hatte dieses eherne Bild jedoch, praktisch von einem aufs andere Mal, seine Magie eingebüßt – wer weiß, warum. Insbesondere die neuralgische Imagination des fleischfarbenen Büstenhaltersstegs, der in der zwischen zwei Kittelknöpfen aufgeworfenen Lücke zu erscheinen hatte, misslang fortan vollständig, und zudem kriegte sein inneres Ohr den drohenden Unterton und die sächsische Intonation nicht mehr richtig hin.

Die Folge aber war keineswegs Befreiung aus der Tretmühle des Triebs, sondern Reizbarkeit, Konzentrationsmangel, Unwohlsein. Nach jenen sechs Wochen Entbehrung endlich bestand Prof. Dr. Quitting, so schien es ihm, nur noch aus Nerven. Folglich suchte er zunächst ein Kabinenkino in der städtischen Schamgegend auf, wo er sich für die Poesie von Spermafäden am Kinn einer Kaltmamsell zu erwärmen suchte. Für Vamps, die in Adamsäpfel bissen. Für Verbalien martialischer Ledermegären («Kleiner Wichser! Ich hol dir die Prostata raus! Mit'm Korkenzieher!» usw.). Vergeblich. Seiner Sächsin konnte keine das Bohnerwachs reichen. Darüber hinaus lähmten Geächz aus den Nachbarzellen sowie Angst vor etwaiger Entdeckung durch Akademiekollegen jedwede Regung. Und so, ohnehin schon im Zustand erheblicher psychophysischer Zerrüttung, verfiel

St. Faber

Prof. Dr. Quitting auf die verhängnisvolle Idee, den Teufel mit dem Beelzebub auszutreiben, sprich eines dieser QV-Equipments anzuschaffen wie jeder dritte moderne Mensch seinerzeit.

Also fand sich Prof. Dr. Quitting, von prometheischer Scham gebeugt, eines Samstagmorgens in der örtlichen MEGA-MEDIA-Filiale ein. Die Unzahl von Waren und Verbrauchern war überwältigend, dennoch kam es zum Abschluss. «Idiotensicher!», prahlte der picklige junge Angestellte auf Prof. Dr. Quittings Frage nach Schwierigkeitsgrad und Zeitaufwand in puncto Installation und Programmierung. «Dreiviertelstunde – höchstens!»

Gegen Mittag wieder daheim, trank Prof. Dr. Quitting zunächst einen Holundertee. Dann begann er mit dem Öffnen der zahlreichen Kartons, Schachteln, Schuber und Plastiktütchen. Fünf Stunden später – präzis ausgedrückt, fünf Stunden, vier leichte und einen schweren Raptus sowie je einen Anfall von Diarrhö und eingebildeter Angina Pectoris später – schien im Wohnzimmer endlich alles bereit.

Fünf Stunden, fünf horrible Stunden! Die Dechiffrierung der Gebrauchsanweisung für Phase 1, die Identifikation von Zubehör wie Nex-pro-Kupplung, Scart-Stecker etc. und deren Einstöpselung, die Verkabelung von V-Screen, V-Box und Q-Boxen sowie deren Aufhängung und so fort hatten, einschließlich Toilettenaufenthalten, Veitstänzen und Rekonvaleszenzphasen, bereits die Hälfte der Zeit in Anspruch genommen. Und Phase 2 – die Programmierung – keine Minute weniger, obwohl der Fortschritt nur bei zwei der zwanzig Schritte, die die Agenda umfasste, gestockt hatte.

FRANK SCHULZ

Bei Schritt 6 zunächst. Die V-Box wies neben einer Q4-Buchse nur noch eine TVR/PKK-Buchse auf. Der Antennenstecker aber sollte laut Anweisung in eine «TVR-Buchse» gesteckt werden. Durfte «TVR-Buchse» als Synonym für die «TVR/PKK-Buchse» gelten? Verzweifelnd über all diesen Buchsen, Büchsen und Boxen, hatte Prof. Dr. Quitting nach Luft geschnappt.

Der andere Engpass war bei Punkt 10 aufgetreten. *Wenn im Display Ihrer V-Box «xx:xx» erscheint,* hieß es, *drücken Sie irgendeinen Knopf. Die Anzeige sollte nun in «---» wechseln, nachdem der Upgrade-Prozess abgeschlossen ist.* Tat sie aber nicht. Vielleicht war der Upgrade-Prozess noch im Gang? Gerade als Prof. Dr. Quitting – gebeutelt von lähmendem Phlegma und tränendem Smegma zugleich – den 24-Stunden-Service anzurufen beschlossen hatte, waren die drei Gedankenstriche schließlich doch noch auf dem Display erschienen. Prof. Dr. Quitting hatte seine Geheimnummer eingetippt, und der Suchlauf war gestartet worden. Anschließend hatte er sich durch die Sendertabelle gescrollt, um den erwünschten Anbieter zu fixieren, was nach etlichen Irrwegen schließlich gelungen war. Nun fehlten nur noch Punkt 19 und 20 – Service anrufen, FONAG-connection herstellen. Ungläubig hatte Prof. Dr. Quitting gewärtigt, wie sich sein Blutandrang vom Schädel wieder dorthin verlagerte, wo er ihn haben wollte, und war schlotternd – teils von den Nachbeben der Universalwut über die tückische Technik, teils vor Erregung über deren gleißende Verheißung – in ein Schaumbad gestiegen. Während das QV-Equipment auf seinen Jungferneinsatz wartete, hockte Prof. Dr. Quitting mit einer posttraumatischen Furorerektion in der Wanne, doch alle Anstalten,

St. Faber

durch emotionslose, rein manuelle Manipulation ein gewisses Maß an Homöostase zurückzuerlangen, erwiesen sich als vergeblich – ebenso der Versuch zu autogenem Training. Erst nach mehreren Wechselbädern war Prof. Dr. Quittings Ruhe leidlich wiederhergestellt.

Der Chablis glitzerte im Kerzenlicht, das Bohnerwachs duftete. Prof. Dr. Quitting setzte sich aufs Frottéhandtuch, rückte das QV-Cockpit zurecht und wählte, nach wie vor ein wenig flatterig, eine Telefonnummer. «Kjuwie-Service, guten Tag», meldete sich eine geschlechtsneutrale Stimme. Prof. Dr. Quitting gab Geheim-, Kunden- und Scartnummer an, woraufhin die Freischaltung bestätigt, die Kennzahl für die FONAG-connection genannt und «Viel Vergnügen» gewünscht wurde.

Nun, darum ging es nicht. Nichtsdestotrotz ertappte sich Prof. Dr. Quitting bei einer gewissen Neugier, als er Sender- und OK-Taste betätigte. Nach kurzer Eigenwerbung für SEX QV erschien auf dem dunklen Bildschirm eine Menüleiste mit den Optionen *Hetero* und *Homo*. Prof. Dr. Quitting wählte Hetero, woraufhin die Alternative *Softcore/Hardcore* eröffnet wurde. Jede Option wiederum bot neue Entscheidungszweige. Hardcore etwa fächerte sich in *S/M* und *Spezial* auf, Spezial in *anal, schwanger, Erotic animals, Sekt/Kaviar, Essig/Öl* etc., S/M wiederum u. a. in *Snuff-Fiction* und *Bondage Softcore/Bondage Hardcore,* Bondage Hardcore wiederum in *Peitsche, Rektumfolter, Wachsbehandlung, Live-Piercing, Sekt/Kaviar, Essig/Öl* usf. Softcore-*Standard* bot die Wahl *Missionar, à la vache, oral* etc., oral wiederum *m. Aufn.* und *o. Aufn.* usf., Softcore-*Spezial* etwa *Dessous-Show, Sexy Car Wash, Sex-toys, Wet*

T-Shirt etc. – recht unübersichtlich bzw., positiv betrachtet, abwechslungsreich.

Längst völlig orientierungslos, erhielt Prof. Dr. Quitting plötzlich folgende Offerten: *Lehrerin, Krankenschwester, Zimmermädchen, Babysitter, Nonne, Hure, Kfz-Mechanikerin, div.* Eine Raumpflegerin, geschweige eine sächsische, aber war auch unter *div.* nicht zu haben. Prof. Dr. Quitting entschied sich für einen Probelauf mit Zimmermädchen. OK-Taste. Die Menüleiste verschwand, und Prof. Dr. Quitting gaffte auf den V-Screen. Prof. Dr. Quitting starrte gebannt auf den Screen, die Menüleiste war weg, und während die Menüleiste verschwunden blieb, starrte Prof. Dr. Quitting mit roten Augen auf den konstant graugrünflächigen V-Screen.

Dass sich Prof. Dr. Quitting die Servicenummer nicht merken konnte, ärgerte ihn weit weniger als die Tatsache, dass er sich nicht merken konnte, welche Taste die Wiederwahltaste war. «Kjuwie-Service, guten Tag?»

Prof. Dr. Quitting gab Geheim-, Kunden- und Scartnummer an und schilderte bitter, doch um Selbstironie bemüht, sein Problem. Sein vegetatives Nervensystem sprach eine deutlichere Sprache. Um den Tremor zu unterbinden, presste Prof. Dr. Quitting die Hörmuschel so stark an den Kopf, dass er binnen kurzem ein Blumenkohlohr haben würde. Inzwischen war es späte Nacht geworden.

«Beruhigen Sie sich. Haben Sie denn den TONI schon aktiviert?»

Kleinlaut, aber mit mächtigem Grundgroll – eine infarktgefährliche Gemütslage – legte Prof. Dr. Quitting auf und aktivierte den TONI. Eine Minute später flackerte der Screen, und unter der Menüleiste *Hetero/Homo* erschienen

St. Faber

tatsächlich eine nackte Aphrodite sowie ein Homo erectus, die sich zu den Klängen eines technoartig interpretierten Ravel'schen Boleros in den Hüften wiegten. Nach etlichen erneuten Fehlwegen erreichte Prof. Dr. Quitting schließlich wieder das Zimmermädchen und drückte die OK-Taste. Während aus der Q-Box vorn links bereits Staubsaugergeräusche drangen, blieb der V-Screen freilich dunkel. «Entschuldigung», ertönte plötzlich, aus derselben Q-Box, eine servile Jungmädchenstimme. Gleichzeitig erstarben das Fauchen und Brummen des Staubsaugers. «Entschuldigung», wiederholte die unsichtbare Homuncula. «Sie wünschen, mein Herr?»

Prof. Dr. Quitting wünschte etwas zu sehen, doch der V-Screen blieb blind. «Sie wünschen, mein Herr?» Prof. Dr. Quitting betätigte die OK-Taste. «Sie wünschen, mein Herr?» Prof. Dr. Quitting hackte auf die OK-Taste ein. «Sie wünschen, mein Herr?» Prof. Dr. Quitting brüllte einen globalen Fluch in den Raum und drückte, einer Eingebung folgend, auf *Clear*. Die Menüleiste *Hetero/Homo* kehrte zurück. Prof. Dr. Quitting atmete auf und zappte sich, nach enormen Verirrungen im Angebotsbaum, nun zur Krankenschwester durch. Wiederum blieb der Screen dunkel, doch aus der Q-Box hinter seiner rechten Schulter drang eine herrische Stimme – «Verpassen Sie ihm 'n Einlauf, Schwester Chantal!» –, und, noch während Prof. Dr. Quitting sich erschrocken nach der gespenstischen Erinnye umwandte, aus der Q-Box vorn links eine weitere, mütterlich-resolute: «Machen Sie schon mal den After frei.» Prof. Dr. Quitting setzte sich wieder zurecht und drückte die OK-Taste. «Machen Sie schon mal den After frei. Machen Sie –» Prof. Dr. Quitting hackte auf die OK-Taste

FRANK SCHULZ

ein. Der Screen blieb dunkel. «– schon mal den After frei. Machen Sie schon mal den After frei. Machen Sie schon mal –»
Mit gefletschter Eichel drückte Prof. Dr. Quitting die Clear-Taste. Seine Stirn transpirierte. Die Menüleiste *Hetero / Homo* erschien. Prof. Dr. Quitting zog das Telefon heran und tackerte die Servicenummer zusammen.

«Kjuwie-Service, guten Tag?» Prof. Dr. Quitting gab Geheim-, Kunden- und Scartnummer an und schilderte, vor mühevoller Unterdrückung eines vorwurfsvollen Untertons leicht hyperventilierend, sein Problem. Die geschlechtsneutrale Servicestimme fragte, ob zwischen «Wie-Box» und der gegenüberliegenden Wand ein Hindernis stehe.

«Wie-Box?», fragte Prof. Dr. Quitting. «Wie, Wie-Box!»

«Na, die ...», antwortete der Service, «... die V-Box halt.»

Warum der Service denn Wie-Box sage, wenn er die V-Box meine.

«Das ist Englisch. Wie wie V. V wie Video», antwortete der Service.

Mitnichten, versetzte Prof. Dr. Quitting, die Vorhaut rümpfend, sei das Englisch. «Video» sei Latein und bedeute «Ich sehe». Er, Prof. Dr. Quitting, sehe aber nichts.

Ohne auf Prof. Dr. Quittings Bemerkung einzugehen, wiederholte der Service seine Frage. Nein, nörgelte Prof. Dr. Quitting, es gebe keinerlei Hindernis zwischen V-Box und gegenüberliegender Wand – außer ihm, Prof. Dr. Quittting, selbst.

«Und wie weit ist die Wie-Box von der gegenüberliegenden Wand entfernt?»

Sieben, acht Meter, stöhnte Prof. Dr. Quitting. Er las seine Kuckucksuhr. Es war zwei Uhr nachts.

St. Faber

«Ach so. Der Infrarotstrahl schafft maximal sechs. Deswegen wird die Wie-Box nicht aktiviert und folglich auch der Screen nicht.» Der Service begann mit ausgiebigen Erläuterungen, die Prof. Dr. Quitting mit der lauten Bemerkung unterbrach, ihm sei idiotensichere Handhabung versprochen worden. Dabei sei er, Prof. Dr. Quitting – der, wie er, Prof. Dr. Quitting, voller Selbsthass feststellte, gerade auf das QV-Cockpit sabberte –, keineswegs auch nur ein Idiot.

«Können Sie die Wie-Box dem Wie-Screen direkt gegenüber installieren?»

Wie denn, kreischte Prof. Dr. Quitting. Alle Geräte habe er in stundenlanger Arbeit übereinander in seinem Wandschrank arrangiert. Und die Kabel an der Wie-Box seien zu kurz für eine solche Umgestaltung.

«Können Sie nicht einen Wandschirm oder eine Leinwand davor aufstellen?»

Erstens verfüge er, heulte Prof. Dr. Quitting auf, weder über das eine noch das andere, und wie er zweitens wohl schauen solle, wenn eine Leinwand davorstehe? Schließlich habe er keine Lust, sein ganzes Wohnzimmer umzubauen, nur um ... Prof. Dr. Quitting brach in Tränen aus.

«Versuchen Sie's mit einer Wolldecke oder einem Bettlaken», tröstete der Service neutral. «Und falls das nicht klappt, rufen Sie wieder an.»

Diese finalen achtundvierzig Stunden von Prof. Dr. Quittings sechswöchigem Martyrium endeten in den frühen Morgenstunden des Montags. Das letzte Bild, an das er sich seiner eigenen Aussage nach erinnerte, war das des monochromatischen V-Screens und davor er, Prof. Dr. Quitting, mit einer beinah berstenden Gewalterektion, unters Kinn den Zipfel einer Wolldecke geklemmt, deren anderen er an der ausgestreckten Linken hält, während er mit rechts zu dem monotonen Hörspiel aus den Q-Boxen masturbiert, in der Hoffnung, es erscheine vielleicht doch noch eine sächsische Dea ex machina mit fleischfarbenem Büstenhalter auf dem Screen, die ihm den so dringend ersehnten ultimativen Reiz zur Erlösung verschaffe ...

Hingegen war Prof. Dr. Quitting weder erinnerlich, den Joystick aus dem Rumpf des Cockpits gerissen zu haben, noch der Weg zu MEGA MEDIA, geschweige seine Attacke auf den jungen Angestellten mit den Worten: «Machen Sie schon mal den After frei!»

Die seinerzeitige Analyse des unbegreiflichen Vorgangs erlaubte keinen anderen Schluss als den, dass Prof. Dr. Quitting bei seiner Konsultation des QV-Services an einen Anfänger geraten sein musste. Heute weiß man ja, dass die GIGA-MEDIA-Holding, wozu derjenige QV-Konzern gehört, aus dessen Produktion Prof. Dr. Quittings Equipment stammte, zwar mit einem 24-Stunden-Service offensiv warb, für die Nachtstunden, insbesondere am Wochenende, jedoch Informatik- oder Elektrotechnik-Erstsemester zu rekrutieren pflegte, die auf die Nacht- und Feiertagszuschläge gern verzichteten. Den tragischen Treppenwitz an der ganzen Geschichte machte aus, dass Prof. Dr. Quitting – wie er, Prof. Dr. Quitting, praktisch ohne zu ahnen, wie recht er hatte, ja selbst in einem der ersten Telefonate erwähnte – selbst genug Reflektionsfläche für den Infrarotstrahl bot; dennoch grassierte der Unfug mit der Wolldecke, Leserbrie-

St. Faber

fen in Fachzeitschriften zufolge, noch wochenlang. Nein, sein, Prof. Dr. Quittings, Bedienungsfehler – den ein ausgebildeter, erfahrener Serviceman anhand einer Checkliste sofort erkannt hätte – hatte schlicht darin bestanden, dass er, Prof. Dr. Quitting, die FONAG-connection zu aktivieren vergessen hatte! Und nun sitzt er seit Jahren und Jahren in St. Faber! Hahaha! Und klebt Tüten! «Lümmeltüten», wie unsere reiz-, ja aufreizende Archchrrrrnnnnnn ...

Mark Werner

Labude sucht und findet

Labude sagte *Langstreckenlaufen.*
Joggen sagten Idioten.
Sagte Labude.

Und er war der Meinung, dass er jedes Anrecht hatte, so etwas zu behaupten. Er lief seit über 30 Jahren. Gut, es hatte ein paar längere Aussetzer gegeben in dieser Zeit, aber selbst mit Abzügen konnte Labude von sich sagen, schon mindestens drei Jahrzehnte *lang zu laufen.* Wobei mittlerweile auch ihm das Wort *joggen* immer häufiger über die Lippen kam. Was nicht etwa daran lag, dass Labude mit 45 altersmilde geworden wäre. Ganz im Gegenteil: Seine Wut war beständig gewachsen. Die Wut auf all diese Jogger, «die es schafften». Diese verdammten Glückspilze, die tatsächlich eine gefunden hatten: ihre erste eigene Leiche.

Seitdem sie auf dem Land wohnten, gehörte das Langstreckenlaufen für Labude zum Alltag wie Zähneputzen und der schwarze Kaffee nach der Dusche. Er lief um halb sieben los, wenn der Tag noch in den Kinderschuhen steckte. Seine Frau wusste nie, ob sie ihn deswegen bewundern, bemitleiden oder für verrückt halten sollte. Bis auf diesen einen, besonderen Morgen – da tendierte sie zu verrückt. Er kam viel zu früh zurück, sprintete schweißüberströmt in die Einfahrt und nahm die vier Stufen zur Haustür in einem Satz.

Er hämmerte gegen die Tür, bis sie ihm öffnete, und stürzte mit einem hysterischen Leuchten in den Augen an ihr vorbei ins Wohnzimmer, zum Telefon. Während sie noch den Inhalt seiner beiden kurzen Telefonate verarbeitete, hatte er bereits wieder aufgelegt, die Digitalkamera geschnappt und sie beiseitegeschoben. Mit den Worten: «Ich hab eine!» stürmte er aus dem Haus.

So aufgeregt hatte sie ihn seit ihrem Autounfall vor vier Jahren nicht mehr erlebt. Labude war damals nicht etwa beunruhigt gewesen, weil sie einen Unfall gebaut, sondern weil sie dabei in *seinem* Firmenwagen gesessen hatte.

«Schon mal in den Vertrag geguckt? Da ist nur ein Fahrer eingetragen. Ich! Und deshalb darf den auch nur *ich* fahren. Die Dispo hängt mich ans Kreuz wegen so was. Hätten Sie besser gleich einen Vertrag für Ehepartner abgeschlossen, werden die sagen. Klar, bin ja auch bescheuert und zahl fuffzig Euro im Monat drauf. Sollen mir den Scheißwagen lieber schenken, die Kacker.»

Kacker sagte niemand sonst aus ihrem Familien-, Kollegen- oder Freundeskreis. Überhaupt kein Mensch, den Labudes Frau kannte. Nicht einmal die Blagen aus der Nachbarschaft. *Kacker* war im Rahmen einer Kollegenschelte nahezu absurd. Aber sie regte sich nicht auf. Schimpfwörter, die sogar Kinder zu kindisch fanden, waren längst nicht mehr das größte Problem in ihrer Ehe.

Labude variierte seine tägliche Laufstrecke nach Lust und Laune. Das war das Beste am Landleben, da verschmerzte er auch die halbe Stunde Autobahn jeden Morgen. Wald, Asphalt, Schotter, drei, fünf, zehn, fünfzehn Kilometer, ebenerdig, mit leichten Steigungen – seine Heimat ließ ihm die Wahl zwischen Routine oder Abwechslung. Oder blankem Hass, wenn er Matussek auf *seiner* Strecke begegnete. Mister Mountainbike. Dieser Wichser. Der fuhr bei jedem Wetter mit eklig hautengen kurzen Radlerhosen und einer orangefarbenen Sonnenbrille – selbst im Winter. Labude trug lange Trainingshosen und brauchte im Wald ganz gewiss keine Sonnenbrille. Wozu auch? Im Sommer war es schattig, und im Winter gab's da nicht mal Mücken, die einem in die Augen flogen. Hätten diese komischen Rockstar-Dinger wenigstens Scheibenwischer gehabt – aber bei Regen lief dem doch das Wasser über die Gläser, da konnte der vor lauter Tropfen den Waldweg nicht mehr sehen. Niemand konnte das mit so einer Brille. Matussek anscheinend schon.

Begegnungen mit Matussek regten Labude wahnsinnig auf. Noch an der Kaffeemaschine im Büro ging er damit seinem Kollegen Udo auf den Wecker:

«Udo, du bist doch auch Langstreckenläufer. Machen dich diese Mountainbiker nicht auch rasend? Die zerpflügen die Laufwege, die drängen dich ab, die machen alles kaputt, die –»

«Wieder deinem Nachbarn begegnet?» Udo klang gereizt.

«Matussek – genau. Und, hey, kein Grund, dass *du* jetzt angepisst bist! Du musstest ja nicht wegen so 'nem Kacker in den Graben springen.»

«Kein Mensch sagt Kacker, Labude.»

«Kein Mensch kennt Matussek, Udo. Ich schon. Ich kenn diese Sorte.»

Ja, Matussek war ein sonnenbebrillter Stachel in Labudes Haut, aber nicht der einzige Stachel …

Labude sucht und findet

Labudes Frau hatte ihren Mann im Frühjahr dabei überrascht, wie er im Internet surfte, so dicht vor den Bildschirm geklemmt, dass seine Nasenspitze aussah, als glühe sie. Verdächtig. Ihr zweiter Blick hatte seinem Schoß gegolten. Aber da lag nur ein Block, auf den er eifrig Notizen kritzelte. *Recherche*, erklärte er. Sein Thema allerdings fand sie befremdlich.

«Jogger findet Leiche?» Sie krauste die Nase.

«Hast du 'ne Ahnung, wie oft so was vorkommt?»

«Äh, nein.»

Er blätterte in seinen Aufzeichnungen.

«Sehr oft. Das ist quasi Alltag. Gönn dir mal den Spaß und google die Schlagzeile *Jogger findet Leiche*!»

«Danke, nein.»

Labude hielt seiner Frau den Block unter die Nase.

«Das Ergebnis von einer Minute und sieben Sekunden Recherche:

05. Dezember – Borkener Zeitung

12. August – Hamburger MoPo

22. Mai – Neue Osnabrücker Zeitung

01. März – Rosenheim24.de

23. Mai – Hellweger Anzeiger

26. Juli – Schwarzwälder Bote – ha!»

«Ha?»

«Ja, da wird einem ganz fix klar: Wenn du regelmäßig laufen gehst, ist es fast unnatürlich, *nicht* eines Tages über 'ne Leiche zu stolpern!»

Labudes Frau war lang genug mit diesem Mann verheiratet, um zu wissen, was er damit meinte. Er meinte damit: bis *ich* über eine Leiche stolpere – *endlich*!

MARK WERNER

«Du bist wild darauf, eine Leiche im Wald zu finden?»
Sie klang, als habe sie an einem Glas Zitronensäure genippt.
«Beim Joggen?»

«Beim Laufen», verbesserte Labude reflexartig. «Ja. Und
was ist daran so schlimm? Ist doch völlig okay.»

«Du spinnst.»

«Ach ja? Christian S., Juliane G.», er schlug bei jedem Namen mit dem Handrücken auf seinen Notizblock. «Rolf Z.,
Anke L. – alles Spinner?»

«Die haben zufällig eine Leiche gefunden. Aber doch
nicht danach gesucht!»

«Ich suche keine – ich hoffe auf eine.»

«Warum? Warum in Gottes Namen hofft man auf eine
Leiche?»

«Weil offensichtlich jeder Idiot eine findet, bloß ich nicht.
Ja, guck nicht! Ich sag nur, wie's ist. Im Ernst, kennt doch
jeder: *Jogger findet Leiche in Wald.* Oder hier: *Pilzsammler entdeckt Leiche.* Gut, jetzt bin ich kein Pilzsammler. Aber ich bin
Jogger ...»

«Langstreckenläufer», verbesserte seine Frau reflexartig.

«Ist doch jetzt – Jedenfalls, ich will endlich *auch* mal eine
Leiche finden. Das ist jetzt nicht *so* ungewöhnlich, wenn
man sich anguckt, was los ist in der Welt. Das ist fast alltäg-
lich, Schatz.»

Schatz hatte er sie zuletzt in der Silvesternacht genannt.
Und davor sehr lange nicht.

«Okay. Ziehst du dich dann um? Wir müssen in einer Viertelstunde los.»

Labudes Frau beschloss noch während seines Rede-
schwalls, den Unsinn so schnell wie möglich zu vergessen.

Labude sucht und findet

Sonst hätte sie ernsthaft über eine Scheidung nachdenken müssen. Nein, sie waren zum Essen mit Freunden verabredet (*ihren* Freunden natürlich). Das klang besser als Scheidung.

Sonntagabends konnte Labude selten entspannen. Er wusste, dass an einem Montagmorgen die Wahrscheinlichkeit bei mindestens 80 Prozent lag, dass er beim Laufen Matussek begegnete. Matussek und seiner Brille. Und seiner Funktionsjacke. Giftgrün, atmungsaktiv und – für Labude Gipfel der Profilneurose – mit eingebautem Chip für das iPhone. Der Typ hatte eine App auf seinem Handy, mit der er sich orten ließ, um Trainingsstrecken und Zeiten zu «optimieren». Das hatte er Labude alles klein-klein berichtet, als sie dummerweise zeitgleich die Mülltonnen an die Straße gestellt hatten. Labude hatte gelächelt. Höflich. Kühl. Er brauchte kein iPhone zum Langstreckenlaufen. Er brauchte keine zwei Räder unterm Arsch, um von A nach B zu kommen. Oder atmungsaktive Jacken von Sportcheck. Und, nein, er war nicht neidisch, er war auch nicht geizig – er konnte einfach in jeder Kleidung laufen. Auf die Beine kam's an, auf die Lunge und den Willen. Es sei denn, man hatte sich einem Seniorensport wie Fahrradfahren verschrieben.

Matussek war indes nicht der einzige Mensch, der den Langstreckenläufer Labude in Weißglut versetzen konnte. Es gab Tage, da wusste er nicht, wen er mehr hassen sollte: Mountainbiker wie seinen Nachbarn oder Fremdjogger in *seinem* Revier, auf *seiner* Märchenlichtung. So hatte er den schönsten Abschnitt seiner Laufstrecke getauft: ein lichtdurchflutetes Stück Laubwald inmitten des dichtgrünen Ozeans von haushohen Tannen, der den überwiegenden Teil seiner Trainingsstrecke ausmachte (egal, für welche Route er sich entschied). Die Buchen, Eschen und Eichen wuchsen hier Schulter an Schulter wie gutmütige Riesen aus Grimms Märchen. Das idyllische Wäldchen war besonders an Wochenenden beliebtes Ziel von Spaziergängern. Unter der Woche aber gab es tatsächlich auch *Jogger* aus umliegenden Dörfern und zweimal sogar aus Köln (schlecht geparkte Autos mit K-Kennzeichen am Waldrand, an denen kein Traktor ohne Lackschaden vorbeikommen würde – Lackschaden am Auto wohlgemerkt), die eigens in den Wald kamen, um auf *seiner* Strecke zu laufen. Nicht viele, allerdings über die Jahre genügend, um Labude Material für eine «Typologie ätzender Hobbyjogger» zu bieten. In diese Typenlehre ließ sich praktisch jeder Läufer einordnen – seine eigenwillige Art, Hass zu kanalisieren.

In Labudes geistigem Katalog standen:

1. *Der Nehberger*: männlich, hager, quält sich in ausgelatschten Lederschuhen und Turnleibchen aus der Schulzeit, denn er bereitet sich auf entbehrungsreiche Missionen globusumspannender Art vor, wie beispielsweise Yanomami-Indianer retten; nervt, weil er starr geradeaus guckt, nicht grüßt und Rotz an Nase und Unterarm hat.

2. *Der Kicker*: männlich, trägt eine Vereinstrainingsjacke mit Autohauswerbung, läuft, weil er endlich einen Stammplatz in der Mannschaft will; ist deshalb mies gelaunt, grüßt auch nicht.

3. *Die Schnecke*: weiblich / männlich, steckt in schlecht sit-

Labude sucht und findet

zender Funktionskleidung (zu groß oder zu klein, meist geschenkt), verzerrtes Gesicht, dackel- bis entenhafter Laufstil; wird in der Regel nur einmal und das meist zwischen Weihnachten und Neujahr gesichtet; wegen Atemnot nicht in der Lage zu grüßen.

4. *Der Blender*: joggt nur zum Ausgleich und parallel zu seinen vier bis fünf anderen Sportarten; braungebrannt, trägt enge, teure Laufkleidung, die jeden Muskelstrang modelliert; an den kraftvollen Atemstößen noch vor Sichtkontakt zu hören; kann wegen seiner Atemtechnik nicht grüßen, nickt aber herablassend, damit seine Halsmuskeln und der kernige Kiefer schön zur Geltung kommen.

5. *Der Gangster*: läuft mit Kopfhörern / Ohrstöpseln in Kapuzenjacke und schlabbrigen Hosen; da die Kapuze das Gesicht verdeckt, ist ihm grüßen unmöglich.

6. *Der Gemeine Jogger*: trägt unauffällige Sportkleidung aus dem Kaffeeladen, macht sämtliche Laufstrecken unsicher, ist überfreundlich und grüßt schon von fern – widerlich.

7. *Matussek*.

Gut, Matussek war kein Jogger, aber grundsätzlich auf jeder Hassliste zu finden, die Labude führte.

An jenem Morgen, als Labudes Traum in Erfüllung ging, war kein Matussek weit und breit zu sehen, auch kein Fremdjogger. Die Welt gehörte ihm allein. Er war bereits zwei Kilometer gelaufen und überquerte gerade die Grenze vom Tannenwald zur Märchenlichtung. Der Wechsel vom federnden Nadelteppich auf unebenen Laubboden erforderte seine ganze Konzentration. Während er geschickt über das armdicke Wurzelwerk eines Baumriesen sprang, fragte er sich, wie die anderen Jogger bloß immer ihre Leichen fanden. In welcher Haltung die wohl liefen? Er selbst hielt beim Waldlauf den Kopf gesenkt, konzentrierte sich auf Äste, Wurzeln und ähnliche Stolperfallen. Wie sollte er da noch bitteschön das Unterholz mit Röntgenaugen durchbohren und herumliegende, womöglich unter Laub und Zweigen verscharrte Tote erspähen? Absurd.

Und als er, um sich diese Absurdität selbst zu beweisen, ausnahmsweise den Kopf hob, ins Gestrüpp abseits des Laufpfades stierte, sich innerlich bereits aufs Stolpern und Langhinschlagen einstellte – da sah er sie. Die Leiche.

Labude blieb abrupt stehen. So einfach hatte er sich das in seinen kühnsten Träumen nicht vorgestellt. Der alte Mann lag bäuchlings auf einer umgestürzten Buche, seine Arme und Beine hingen links und rechts wie schlaffe Ankertaue herab. Er trug eine Art Nachthemd.

Nach einer Schrecksekunde trat Labude vorsichtig näher und beäugte den reglos Daliegenden. Auf den grauen Locken des Hinterkopfs glitzerte Morgentau.

«Hallo?»

Ein aufgeschrecktes Eichhörnchen huschte vor Labudes Füßen über den Waldboden, hinauf auf den Stamm und über den Rücken des Alten. Von dort stieß das Tierchen sich elegant ab und flitzte den nächststehenden Baum empor und verschwand im Blätterwerk.

Der Körper hatte nicht gezuckt.

Labude musste angesichts der Positur des alten Mannes an den Turnunterricht seiner Schulzeit denken. Damals endeten seine Bocksprünge unter dem Gekicher der Mitschüler meistens in ähnlicher Lage.

Eine Leiche.

Labude sucht und findet

«Yes!», entfuhr es Labude. Er begann unwillkürlich auf der Stelle zu tänzeln.

Um nicht auszukühlen, sagte er sich. Aber er wusste es besser.

Alles kam genauso, wie er es sich immer vorgestellt hatte. Zunächst.

Er lief in Bestzeit nach Hause, verständigte die Lokalzeitung und die Polizei (in dieser Reihenfolge), schnappte sich seine Digitalkamera und rannte mit den Worten «Ich hab eine!» an seiner fassungslosen Frau vorbei zurück in den Wald. Er schaffte es, sich gemeinsam mit dem Leichnam zu fotografieren, bevor das erste Polizeiauto über den Waldweg gerumpelt kam. Die Presse verspätete sich leider, doch selbst das entpuppte sich als Glücksfall. Der Redakteur kaufte ihm ein Foto vom Tatort ab. Labudes großer Tag war endlich gekommen.

Auf dem Revier durfte er die Geschichte seines Funds so oft und so detailliert wiederholen, dass er im späteren Gespräch mit dem Lokalredakteur und beim Telefonat mit der BILD-Online-Redaktion (Yes!) schon routiniert und mit einem gewissen Gespür für erzählerische Feinheiten vorgehen konnte: «Da läuft man tagein, tagaus dieselbe Strecke ... da spult man nichtsahnend sein Programm runter ... da ist man eigentlich voll im Tunnel, nur auf den eigenen Rhythmus konzentriert ... Es ist ja so: Jeder erfahrene Läufer entwickelt einen siebten Sinn für Auffälligkeiten, einen Instinkt für Veränderungen auf seiner Laufstrecke, allein wegen der Verletzungsgefahr ... Ein Mountainbiker dagegen, der brettert ja völlig tumb durch die Walachei, der kriegt nichts mit

MARK WERNER

– der wird im Leben keine Leiche finden ... Und dann ein Mord. Bei uns! ... Sicher, Mord ist ein großes Wort, und ich will der Polizei da nicht vorgreifen, aber ... Ich bin natürlich kein Arzt, aber wenn das kein Verbrechen war ... Mehr oder weniger hingerichtet hat der den. Und dann wie auf einem Altar auf diesen umgestürzten Baum gelegt ... Ja, genau! Wie einer dieser Ritualmörder! Kennt man ja alles aus dem Fernsehen ... Also, ich werde da die nächsten Wochen nicht lang laufen, das können Sie mir glauben ...»

Labudes Hochgefühl dauerte exakt dreieinhalb Stunden. Dann erfuhr er, was es mit der Leiche auf sich hatte. Und zwar von niemand Geringerem als seinem Nachbarn Matussek.

«Ey, du Held!»

Labude hasste es, dass Matussek ihn duzte. Wenn er ihn also zurückduzte, bemühte er sich um einen besonders herablassenden Unterton. Was Matussek leider nie zu bemerken schien. Diesmal allerdings registrierte Labude einen Unterton in der Stimme seines Nachbarn, der ihn hätte stutzig machen müssen. Doch die Mischung aus Adrenalin und Glückshormonen in seinen Adern verleitete ihn, so hastig wie arglos zur Buchsbaumhecke zu eilen, die beide Grundstücke voneinander trennte.

«Schon gelesen, von deiner Ritualmord-Leiche?»

Natürlich hatte er «schon gelesen»: im Internet, auf der Onlineseite des Lokalblatts, auf www.bild.de, und wo sonst noch sein Fund über die virtuellen News-Laufbänder tickerte. Es stand doch überall!

«Ein Rohrkrepierer», sagte sein Nachbar und grinste.

Labude sucht und findet

«Was?» Labude lächelte irritiert.

«Deine Leiche war längst tot, du Held!»

Labude verstand nur Bahnhof. Selbstverständlich war *seine* Leiche längst tot. Das war für Joggerleichen nun mal charakteristisch. Für alle Leichen eigentlich. Er konnte sich ein süffisantes Lächeln seinerseits also nicht verkneifen.

«Ja, so sah der Mann allerdings aus: tot.»

«Der war geklaut, Mensch! Aus der Leichenhalle vom Friedhof. Vom kleinen Steffenhagen und seinen Kumpels. Weißt schon: diese Motorroller-Jungspunde.»

Labudes Gesichtsausdruck wechselte von blanker Ahnungslosigkeit zu tiefer Bestürzung.

«Die waren besoffen.» Matussek kicherte. «Haben 'ne Mutprobe gemacht. Deine Leiche ist der alte Frenzel vom Baumarkt. Der sollte morgen beerdigt werden.»

Langsam sortierten sich Labudes Gedanken. Der Name Frenzel sagte ihm zwar nichts, wohl aber fiel ihm wieder ein, dass seine Frau einen Baumarktleiter erwähnt hatte, den zwei Tage nach seiner Pensionierung der Schlag getroffen hatte.

«Die haben ein Fenster geknackt, den Ärmsten rausgeholt und wollten ihn auf den Marktplatz legen. Zum Spaß.»

Labude wich das Blut aus dem Gesicht.

«Tja, an der frischen Luft hat's ihnen wohl gedämmert, dass das nicht besonders witzig ist. Sie haben Muffensausen gekriegt und den Alten in ihrer Panik im Busch abgeladen.» Matussek klopfte Labude hämisch auf die Schulter. «Nix Mord und Serienkiller, Meister. Bloß 'ne längst tote Leiche.»

Labude drehte sich auf dem Absatz um und marschierte

MARK WERNER

zurück zum Haus. Vor der Terrassentür drehte er sich noch einmal um: «Leichen sind immer tot – du Kacker!»

Die ganze Geschichte hatte zwei üble Folgen für Labude (den Spott nicht mit eingerechnet): Er verlor die Lust am Langstreckenlaufen, ja, am Sport überhaupt. Stattdessen entdeckte er das Fernsehen für sich, Schwerpunkt: Daily Soaps. Die neue Zweisamkeit auf der Couch machte seine Frau zunächst glücklich, doch das änderte sich schnell. Labude wurde fett. Das wiederum ließ seine Gattin immer öfter begehrliche Blicke aus dem Flurfenster Richtung Nachbar werfen. Etwa, wenn der in seinen eng anliegenden Radlerhosen loszischte oder samstags mit nacktem Oberkörper den Rasen mähte.

Trotz alledem kam es anders, als Labude zeitweise befürchtete: Seine Frau fing nichts mit Matussek an. Sie blieb neben ihm auf dem Sofa sitzen. Und nahm ebenfalls zu.

Matussek aber begann, über das Mountainbiken hinaus auch noch zu joggen. Und eines Morgens platzte er in Höhe der Märchenlichtung, auf Labudes alter Laufstrecke, in ein Modeshooting. Um die umgestürzte Buche herum, auf der der tote Ex-Baumarktleiter gelegen hatte, wimmelten lässig gekleidete Menschen zwischen den Lichtfächern der schräg einfallenden Morgensonne hin und her: ein englischer Fotograf, sein Techniker, eine Maskenbildnerin, Kostümassistentinnen und ein frisch frisiertes Topmodel. Matussek wollte unbeeindruckt an der Truppe vorbeilaufen. Da trat eben jenes wunderschöne Model unversehens auf den Weg und wurde von dem stur geradeaus Trabenden über den Haufen gerannt.

Labude sucht und findet

«Hoppla!», rief Matussek.

«Hossa!», quiekte das Model.

Es war Liebe auf den ersten Blick.

Neuerdings sah Labude seinen Nachbarn sehr viel häufiger als früher: auf den Titelseiten der Magazine wie auch in den Promi-Sendungen der Privaten, die seine Frau noch lieber sah als Daily Soaps.

Jetzt, wo Matussek mit seiner jungen Freundin nach Berlin verzogen war, erwog Labude, wieder mit dem Laufen anzufangen. Models schienen zwar seltener zu sein als Leichen, aber man wusste ja nie.

Frank Goosen

Ritter LOCKED

Ritter starrte auf den Bildschirm seines Laptops und konnte es nicht glauben. Frohnberg war mit einer Katze namens Ruby befreundet, die gern Bruce Springsteen hörte. Der Kühlschrank der Minibar, der eine ganze Zeit lang geschwiegen hatte, fing wieder an zu summen.

Ritter fragte sich, wie Frohnberg so etwas öffentlich machen konnte. Wenn das in der Firma die Runde machte, war Frohnberg erledigt, niemand würde ihn mehr ernst nehmen. Andererseits – vielleicht dachte Ritter da etwas zu normal. Er war immer wieder überrascht, was die Leute von sich preisgaben. Blumberg etwa fand nichts dabei, in seinem Profil kundzutun, dass er die Arbeit einer bestimmten amerikanischen Erotik-Darstellerin schätze. Komischerweise führte das nicht dazu, dass Blumberg wie ein schmieriger kleiner Versager mit einer ungesunden Vorliebe für Pornographie wirkte. Im Gegenteil; er kam dadurch rüber wie einer, dem es egal ist, was andere über ihn denken. Das fanden die Menschen immer besonders bemerkenswert. Nicht zuletzt die Frauen. Auf Betriebsfeiern war Blumberg stets von drei, vier Damen aus der Buchhaltung oder dem Einkauf umringt.

Immer an seiner Seite: Reif. Der sich im Netz auf einem grotesk großen Motorrad präsentierte, in Lederhosen, aber mit freiem Oberkörper. Ritter hatte lange gedacht, die Zeiten, in denen Männer mit so etwas punkten, seien vorbei, aber wie alles, worauf man eigentlich verzichten konnte, waren diese Zeiten offenbar zurückgekommen.

Blumberg und Reif konnten ihm egal sein, aber Frohnberg war sein direkter Vorgesetzter, und Ritter hatte das Gefühl, dass Frohnberg ihn loswerden wollte. Das würde nicht leicht werden, aber Frohnberg war ein schlauer Hund. Dem Unternehmen ging es gut, es gab eigentlich keinen Grund für Entlassungen, trotzdem musste man höllisch aufpassen. Ritter öffnete noch einmal das Fenster, ließ aber die Gardine geschlossen. Heute früh, als er aus der Dusche gekommen war, hatte er Frohnberg gegenüber am Fenster stehen sehen und sich unwohl gefühlt, schließlich war er, Ritter, völlig unbekleidet gewesen. Doch er war sicher, dass die Gardine ihn geschützt hatte. Höchstens sein nackter Arm war zu sehen gewesen.

Wäre es in Hotels nicht immer so stickig, hätte sich diese unangenehme Situation gar nicht erst ergeben. Ritter hatte in Hotels immer den Eindruck, er bekomme nicht genug Luft. In den Zimmern war es schon schlimm, aber die Konferenzräume waren unerträglich. Es kostete ihn große Mühe, nicht aufzuspringen und ein Fenster aufzureißen, wenn da vorne einer stand und aufsagte, was auf den Präsentationsfolien, die der Beamer an die Wand projizierte, ohnehin zu lesen war. Das Gefühl der Zeitverschwendung verdickte die Luft zusätzlich. Dazu der Kragen und die Krawatte. Niemand sollte so leben müssen, dachte Ritter.

Trotzdem mochte er seinen Job. Nur die Klausurtagungen in diesen gesichts- und seelenlosen Kettenhotels eben setzten ihm zu. Das ewig gleiche Lächeln der ununterscheidbaren jungen Frauen an den Rezeptionen. Die lustlose Unterwürfigkeit der Kellner beim Roomservice. Die Austauschbarkeit der Frühstücksbuffets: Butter auf Eis, Diätmarmelade in Portionsdöschen, Plastikbehälter für den Tischabfall; und über allem der Geruch von Rührei und angebranntem Speck. Ritter war überzeugt, dass sich sein Leben um die Anzahl der Tage und Nächte, die er in solchen Hotels zubrachte, verkürzen würde.

Er klappte den Rechner zu und legte ihn in den kleinen Safe, der in den Kleiderschrank eingebaut war. Wie immer musste er sich jetzt für eine Geheimzahl entscheiden. Eine Zeitlang hatte er sein Geburtsdatum benutzt, aber das war natürlich Unsinn. Wer es ernsthaft auf seinen Safe abgesehen hätte, hätte da leichtes Spiel. In letzter Zeit hatte er Phantasiekombinationen benutzt, die er sich aber auf einem Zettel hatte notieren müssen, und das war ja auch nicht gerade die sicherste Methode.

Heute würde er es anders machen.

Er nahm den Rechner noch einmal heraus und suchte im Internet nach dem Geburtstag von Bruce Springsteen. Bruce Frederick Joseph Springsteen wurde am 23. September 1949 in Long Branch, New Jersey, geboren. Ritter legte den Laptop wieder in den Safe und stellte die 2309 als Geheimzahl ein. Das kleine Display meldete *LOCKED*.

Als er das Zimmer verließ, fühlte er sich zum ersten Mal seit Tagen wieder leicht. Er kannte jetzt alle drei Vornamen sowie das Geburtsdatum eines der bekanntesten Musiker des Planeten. Nicht dass er dessen Musik sonderlich viel abgewinnen konnte, das war ihm alles zu laut und verschwitzt. Zu viel Autobahn-Romantik und Pick-up-Truck-

Erotik. Ritter mochte Jazz. In seinem Profil fand sich Kenny Burells *Midnight Blue* als musikalische Vorliebe.

Im Fahrstuhl studierte er die Speisekarte des Hotelrestaurants. Es gab Suppe und Muscheln und Entrecote und Crema catalana. Ritter fragte sich, ob man Muscheln in einem Berliner Hotel trauen konnte. Andererseits mochte er gar keine, weshalb die Frage ihn gar nicht belasten musste. Es tat gut, so etwas von sich schieben zu können, weil es einen nichts anging. Mit den Zahlen, die Frohnberg vorhin beim Neun-Uhr-Meeting von Ritters Abteilung gefordert hatte, war das nicht so leicht.

An der Rezeption stand jetzt eine andere junge Frau als gestern Abend. Es musste jedenfalls eine andere sein, auch wenn sie für Ritter fast gleich aussahen. Die gestern Abend hatte helleres Haar gehabt. Gut aussehend, aber uninteressant.

Blumberg und Reif waren anderer Meinung gewesen und hatten ihr aus der Hotelbar heraus immer wieder Blicke zugeworfen, sie schließlich zu einem Getränk eingeladen und ihre freundliche Ablehnung rätselhafterweise als Einladung verstanden, sich ihr nur umso offensiver zu nähern, bis Frohnberg eingeschritten war und die beiden zurechtgewiesen hatte. Die junge Frau hatte Frohnberg einen dankbaren Blick zugeworfen, und auch Ritter musste zugeben, dass er das gut gemacht hatte. Auf das Niveau von Blumberg und Reif würde sich einer wie Frohnberg niemals herablassen. Was die beiden aber nicht störte. Lachend hatten sie sich von der jungen Frau an der Rezeption ein Taxi rufen lassen. Ihre Äußerungen hatten darauf hingedeutet, dass sie sich in ein Bordell fahren lassen wollten. Gegenüber der jungen Frau hatten sie das noch einmal besonders betont, als hofften sie, sie würde sich ihnen spontan anschließen. Beim Neun-Uhr-Meeting hatten Blumberg und Reif allerdings gut gelaunt und ausgeruht gewirkt.

Ritter durchquerte die Lobby und nutzte die Drehtür, um nach draußen zu gelangen. Der Haupteingang des Hotels lag in einem kleinen Innenhof, wo ein Taxi mit laufendem Motor wartete. Als der Fahrer Ritter sah, machte er Anstalten auszusteigen, aber Ritter schüttelte den Kopf und ging nach vorne zur Straße. Er fuhr nicht gern mit dem Taxi. Entweder wollte der Fahrer unentwegt reden, oder er sagte kein Wort. Beides verunsicherte Ritter.

Ein paar Meter die Straße hinunter befand sich auf einer Verkehrsinsel die nächste U-Bahn-Station. Es war jede Menge los. Gemüsehändler ordneten ihre Ware. Vor einem winzigen Café saßen Männer und tranken Tee aus kleinen gläsernen Tassen. Musste man die dann nicht eigentlich Gläser nennen? Für Ritter waren es aber eher Tassen. Wieder etwas, über das man nachdenken konnte.

Er wartete an der Ampel auf Grün und wunderte sich wieder, dass fast alle anderen es ihm nachtaten, obwohl kein Auto in Sicht war. Dann überquerte er die Straße und ging die Treppe hinunter, die direkt auf den Bahnsteig führte.

Als er vor dem Automaten stand und überlegte, für welche Tarifzonen er sich eine Fahrkarte kaufen sollte, stand plötzlich eine junge Frau in schwarzer Kleidung neben ihm und fragte, ob er Interesse habe an einem Tagesticket, das erst vor einer Stunde abgestempelt worden sei. Wie viel das denn kosten solle, wollte Ritter wissen. Die junge Frau sagte, mit fünf Euro sei er dabei. Am Automaten kostete das Ti-

Ritter LOCKED

cket sechs Euro achtzig. Die junge Frau hielt ihm das Ticket
buchstäblich unter die Nase. Gelber Streifen, BVG-Schrift-
zug, Preis, gestempelt vor etwas mehr als einer Stunde am
Bahnhof Gesundbrunnen. Wahrscheinlich hatte die junge
Frau den Schein gefunden und machte ihn jetzt zu Geld.
Es gab viel Elend in dieser Stadt. Woanders natürlich auch.
Jeder sah zu, wie er über die Runden kam.

Der Zug fuhr ein, Ritter musste handeln. Als er der Frau
die fünf Euro überreichte, fühlte er sich seltsam beschwingt.
Das Papier des Fahrscheins war dünn wie bei einem Ein-
kaufsbon.

Er hatte einen Euro achtzig gespart. Nicht die Welt, aber
immerhin. Und: Er war in seinem Leben schon oft in Berlin
gewesen, aber praktisch noch nie in der U- oder S-Bahn kontrolliert worden. Einen Fahrschein löste man doch praktisch
nur, um die Infrastruktur der Hauptstadt willentlich finan-
ziell zu unterstützen.

Während der Zug durch den Untergrund ratterte und
diese ganzen Berliner Gesichter sich von Ritter abwendeten,
fragte der sich, ob Frohnberg der Katze eine Freundschafts-
anfrage geschickt hatte oder umgekehrt. Des Weiteren fragte er sich, was das für Leute waren, die Facebook-Profile ihrer
Haustiere erstellten. Vielleicht fanden sie es einfach nur witzig. Man sollte da wohl nicht so streng sein. Das führt ja nur
in den Wahnsinn, wenn man sich darüber unnötig aufregte.

Was aber verriet das über Frohnberg, wenn er mit einer
Katze, die er wahrscheinlich nicht einmal persönlich kann-
te, im Internet befreundet war? Und was sagt es uns, dachte
Ritter, dass Frohnberg das so komplett öffentlich machte?
War das seine Art, der Welt mitzuteilen, dass er gar nicht

so ein knallharter Manager war, wie alle dachten? War er vielleicht ein einsamer, trauriger Mann, der sich nach Feierabend von älteren Frauen in dunklen Kellern verprügeln ließ, um endlich mal die Kontrolle zu verlieren? Und dachte er dabei dann an die Netzkatze, die seine Freundin war, ihm aber nicht gefährlich werden, ihm nicht das Herz brechen konnte?

Ein Mann in billigen Jeans riss Ritter aus seinen Gedanken. Der Mann hielt ihm einen Ausweis unter die Nase und wollte tatsächlich Ritters Fahrschein sehen. Heute ist mein Glückstag, dachte Ritter. Er nahm den vorhin auf dem Bahnsteig erworbenen Schein aus seinem Portemonnaie und reichte ihn dem Kontrolleur. Während der den Schein untersuchte, dachte Ritter an die junge Frau, die ihm das Ding verkauft hatte. Wo mochte sie jetzt sein? Was mochte sie mit seinen fünf Euro anstellen? Ritter redete sich ein, dass die junge Frau sicher recht hübsch hätte sein können, wenn nicht ihre Lebensumstände das verhinderten.

Der Kontrolleur schien nachzudenken, gab Ritter den Fahrschein dann aber mit einem Nicken zurück. Ritters gute Laune steigerte sich fast bis zur Euphorie. Heute konnte gar nichts schiefgehen. Kaum war er aus dem Hotel und damit aus der Firma heraus, war alles gut, alles im Fluss.

Am Herrmannplatz stieg er um in Richtung Schöneberg, wo er wiederum den Zug wechselte, um nach Steglitz zu fahren. Die S-Bahn fuhr über Tage, und der Blick aus dem Fenster bot Ritter mal wieder Anlass zu der Frage, was bloß alle an dieser Stadt fanden.

Die zweite Kontrolle bestand aus mehreren Leuten, die sehr viel bestimmter auftraten als der Mann in der billigen

Ritter LOCKED

Jeans. Vor ihm stand jetzt eine resolute, untersetzte Frau, die ihn ein wenig an seine Schwester erinnerte und seinen Fahrschein sehr viel intensiver musterte als der Mann vorhin. Ganz offensichtlich wusste sie nicht, was sie davon halten sollte. Ritter wunderte sich, dass er auf der kurzen Strecke nun schon zum zweiten Mal kontrolliert wurde. Die untersetzte Frau holte ihre Kollegin herbei, eine kleine, drahtige Person mit stacheligen, blonden Haaren. Die warf nur einen Blick auf den Fahrschein und brüllte Ritter viel zu laut an: «Sprechen Sie Deutsch?»

Na gut, es war kein Brüllen, aber sie hatte schon sehr deutlich die Stimme erhoben.

Ritter sagte: «Natürlich spreche ich Deutsch!»

Ohne die Stimme zu senken, sagte die Frau: «Sind Sie Tourist?»

«Ich bin beruflich hier.»

«Touristen und russische Wanderarbeiter lassen sich gerne mal gefälschte Fahrscheine andrehen.»

«Der Fahrschein ist gefälscht?»

«Natürlich! Sehen Sie das nicht?»

«Wenn ich das sehen könnte, hätte ich ihn nicht gekauft.»

«Ja klar! Aussteigen!»

Ritter beschloss, dass es keinen Sinn hatte zu diskutieren. Außerdem war die nächste Haltestelle Rathaus Steglitz, und da musste er ohnehin raus. Insgesamt vier Kontrollpersonen stiegen mit aus, drei Frauen und ein junger Mann, der eine Radfahrerin eskortierte, die ganz ohne Fahrschein erwischt worden war.

«Ihr seid keine Menschen!», schrie die Radfahrerin. «Ihr seid verdammte Nazis!»

FRANK GOOSEN

Ritter fand die Radfahrerin peinlich. Wenn den Leuten nichts mehr einfiel, dann kam immer dieser Quatsch. Er beschloss, den Ball ganz flach zu halten. Zwar hätte er einwerfen mögen, dass die Nazis sehr wohl Menschen gewesen seien, genau das sei doch bis heute das Problem, aber er hielt sich lieber zurück. Auch der Kontrolltrupp reagierte nicht. Die mit den stacheligen Haaren fragte ihn, wo er die Fahrkarte herhabe. Ritter erzählte es ihr. Sie schüttelte den Kopf über so viel Blödheit.

«Das war wohl nicht so clever», sagte er.

Die Stachelige sagte nichts. Die Radfahrerin schimpfte weiter.

«Ich übernehme die Verantwortung», sagte Ritter, obwohl das natürlich ein sehr dummer Satz war, wie ihm gleich klarwurde. Von wem sollte er die Verantwortung übernehmen? Sie war nie im Besitz eines anderen gewesen.

Die Stachelige füllte ein Formular aus.

«Wie geht es jetzt weiter?», wollte Ritter wissen.

«Sie kriegen einen Überweisungsträger und entrichten damit das erhöhte Beförderungsentgelt.»

Ritter wollte die Sache am liebsten so schnell wie möglich aus der Welt schaffen. «Können wir das nicht bar erledigen?»

Die Stachelige sah ihn an, als wolle er sie bestechen. Vielleicht hoffte sie das auch. Es war nur die Frage, ob sie auf einen Nebenverdienst hoffte oder einen Grund suchte, ihn richtig fertigzumachen.

«Wir machen eine Anzeige», sagte sie. «Das ist Vorschrift.»

Ritter, der noch nie angezeigt worden war, meinte, das sei

in Ordnung, schließlich habe er sich wie ein Idiot benommen. Alle hörten es, niemand widersprach.

«Übrigens», fügte Ritter hinzu, «bin ich vorhin schon mal kontrolliert worden, aber Ihr Kollege hat mich durchgewinkt.»

Jetzt wurde die Stachelige aber richtig nervös, wollte wissen, wer das gewesen sein, wie er ausgesehen, was er getragen habe oder ob Ritter sonst irgendwelche Angaben zur Person machen könnte, unveränderliche Kennzeichen, Narben, Missbildungen oder Ähnliches. Da konnte Ritter aber nicht weiterhelfen, er hatte nur den abgegriffenen TV-Krimi-Klassiker *Es ging alles so schnell* zu bieten. Die Stachelige schüttelte den Kopf. Amateure, wo man hinsah, schien sie zu denken.

Immerhin war Ritter jetzt entlassen. Er ging die Treppe hinunter und überquerte die Straße. Eigenartigerweise fühlte er sich gar nicht so schlecht, nein, regelrecht beschwingt. Er hatte kein schlechtes Gewissen, die ganze Angelegenheit war ihm nicht einmal sonderlich peinlich gewesen. Na gut, es zeugte, im günstigsten Fall, von Naivität und Dummheit, vielleicht auch von Großstadt-Untauglichkeit, sich einen gefälschten Fahrausweis andrehen zu lassen, noch dazu von einer Frau, die schon von ihrem Äußeren her gewisse Vorbehalte aufkommen ließ, aber letztendlich fühlte sich Ritter, als habe er gerade eine Prüfung bestanden.

Seine Schwester erwartete ihn in einem Eiscafé in diesem Einkaufszentrum, das zu Ritters Verwunderung «Das Schloss» hieß. Natürlich erinnerte ihn das an Kafka. Bevor er in die Energiebranche abgerutscht war, hatte er tatsächlich mal Germanistik studiert. Im Roman ging es um ein Schloss, aus dem heraus ominöse Beamte das Leben eines Dorfes kontrollierten, das selbst aber geheimnisumwittert und unerreichbar blieb. Was man über das Shopping-Schloss nicht behaupten konnte. Die Eingänge waren zahlreich und gut gekennzeichnet.

Kathrin war zehn Jahre älter als er und tatsächlich «nur» seine Halbschwester. Der Vater hatte nach dem Tod der Mutter wieder geheiratet, und diese Frau hatte eine damals schon erwachsene Tochter mit in die Ehe gebracht, die später der Liebe wegen nach Berlin ging und als Krankenschwester arbeitete. Krankenschwester war sie immer noch, nur das mit der Liebe hatte sich längst erledigt. Kathrin war eine unglückliche Frau.

Statt einer Begrüßung sah sie nur demonstrativ auf ihre Uhr. Ritter entschuldigte sich, und Kathrin erhob sich dann doch, um ihrem Halbbruder einen flüchtigen Kuss auf die Wange zu geben. Als er ihr den Grund für seine Verspätung mitteilte, schüttelte sie erst den Kopf, zeigte sich dann aber doch ein wenig belustigt. Es geschah nicht oft, dass sie sich Ritter ein wenig überlegen fühlte. Er ließ ihr dieses Gefühl.

Kathrin war nie eine besonders schöne Frau gewesen, aber in ihren Zwanzigern hatte sie etwas ausgestrahlt, das den pubertierenden Ritter bisweilen schwer mitnahm. Sie ist ja nicht wirklich meine Schwester, hatte er sich gedacht, wenn er vor dem Einschlafen unter der Bettdecke mit seiner rechten Hand an sie gedacht hatte. Das war jetzt schon länger weg.

Sie fragte ihn, wie es in der Energiebranche laufe, obwohl es sie eigentlich nicht interessierte. Ritter erzählte ein paar Belanglosigkeiten, ließ sich sogar zu abfälligen Be-

Ritter LOCKED

merkungen über Frohnberg hinreißen, aber die quittierte seine Halbschwester nur mit verächtlichem Schnauben. Was wusste er schon von Problemen! Nachttöpfe ausleeren, Todkranke betreuen, Kinder sterben sehen – das war ihr Alltag, das hatte sie oft genug genau so gesagt. Ritter fragte sich, auf was für einer Station sie eigentlich arbeitete.

Na ja, sagte sie dann, sie müsse zugeben, dass es zurzeit etwas interessanter zugehe, da ein bekannter Fernsehmoderator bei ihr auf der Station liege. Ritter war der Name bekannt. Auch, dass mit ihm neulich irgendwas passiert war. Kathrin erzählte, der Moderator sei in seiner Wohnung überfallen worden und könne jetzt nicht mehr sprechen und angeblich auch nicht hören. Vor allem Letzteres war aber nicht zu erklären, da die unbekannten Täter ihn zwar aufgehängt, seine Ohren aber in Ruhe gelassen hätten.

Es war klar, dass Kathrin das interessierte. Sie war immer schon fernsehsüchtig gewesen. Zunächst hatte sie für amerikanische Serienstars geschwärmt, bevorzugt, wenn diese in wärmeren Gegenden zum Einsatz kamen. Die beiden gelackten Typen von Miami Vice hatten es ihr genauso angetan wie der Privatdetektiv, der auf Hawaii in einem Ferrari herumfuhr, wie eine Pistole hieß und sehr bunte Hemden trug.

Das Privatfernsehen mit seiner Rund-um-die-Uhr-Berieselung war dann eigentlich nur für Kathrin erfunden worden. Jetzt waren es Nachmittags-Talkshows, von denen sie nicht loskam. Nach der Trennung von dem Mann, dessentwegen sie nach Berlin gegangen war, hatte sie tatsächlich mal an einer teilgenommen. Enttäuschte Liebe, ich mach dich fertig – irgend so ein schwachsinniges Thema war es

FRANK GOOSEN

gewesen. Es hatte Ritter körperliche Schmerzen bereitet, seiner Halbschwester zuschauen zu müssen, wie sie sich zur Närrin machte. Boshaft und selbstmitleidig hatte sie gewirkt, und als sie später die Aufzeichnung gesehen hatte, hatte sie tagelang geweint. Noch Jahre später durfte man sie nicht darauf ansprechen. Ritter verkniff sich auch heute jede Bemerkung.

Stattdessen fragte er Kathrin, wie es ihr «sonst so» gehe. Das war natürlich eine deprimierend belanglose Frage. Kathrin sagte, an ihrem freien Tag gehe es ihr immer gut. Keine Anweisungen, die sie ausführen müsse, keine wehleidigen Patienten, keine verschlafenen, inkompetenten Ärzte.

Danach wusste Ritter nichts mehr zu sagen. Auch Kathrin wollte nichts von ihm wissen. Sie betrachteten die Leute, die an dem Café vorbeigingen. Ritter starrte auf seinen Kaffee, den er zwischendurch bestellt hatte. Irgendwann sagte er, er müsse jetzt wieder los. Seine Halbschwester hielt ihn nicht zurück.

Noch im «Schloss» kaufte er sich eine Fahrkarte. Auf dem letzten Teilstück, nur eine Haltestelle, bevor er die beim Hotel erreichte, wurde er tatsächlich zum dritten Mal an diesem Tage kontrolliert, diesmal von drei Angehörigen einer Sicherheitsfirma, die Uniformen trugen und einen Schäferhund mit Maulkorb bei sich führten. Kurz wähnte sich Ritter am Rande einer Panikattacke, als er den Fahrschein, den er sich in die Hosentasche anstatt ins Portemonnaie gesteckt hatte, nicht gleich fand und den Eindruck hatte, der Kontrolleur denke schon darüber nach, ihn mit dem Schlagstock aus der Bahn zu prügeln. Als er das Ticket dann doch fand, fühlte er sich wie ein Angeklagter, der freigesprochen

Ritter LOCKED

133

wurde. Es gab Leute, die wohnten seit zehn Jahren in Berlin und waren noch nie kontrolliert worden. Ritter an einem Tag dreimal.

Er kam gerade noch rechtzeitig zum Fünfzehn-Uhr-Meeting. Frohnberg musterte ihn, als sei er enttäuscht, dass Ritter wirklich auftauchte. Blumberg und Reif hielten einen Strategie-Vortrag, den sie mit viel Humor und sogar Musik würzten. Sogar die Kellnerin, die zwischendurch frische Getränke brachte, wurde einbezogen und musste lächeln. Blumberg und Reif hatten leichtes Spiel, für sie gab es keine schweren Gegner. Ritter wünschte, er wäre ein wenig wie die beiden.

Beim anschließenden Abendessen stand plötzlich Frohnberg am Buffet neben ihm und fragte, wie Ritter seine Mittagspause verbracht habe. «Ich habe gesehen, wie Sie das Hotel verlassen haben.»

Ritter antwortete nicht gleich.

«Ich habe zufällig aus dem Fenster gesehen», fügte Frohnberg hinzu.

«Ich habe mich mit meiner Schwester getroffen.»

«Ach, Sie haben eine Schwester? Hier in Berlin?»

«Eine Halbschwester.»

«Interessant.»

«Sie ist Krankenschwester.»

«Ihre Schwester ist also Schwester.» Frohnberg schien das witzig zu finden.

«Halbschwester.»

«Natürlich.»

«Es geht ihr gut», sagte Ritter noch und fragte sich, warum er das tat. Auch war ihm nicht klar, wieso er Frohnberg dann auch von dem Fernsehmoderator erzählte, der auf Kathrins Station in Behandlung war.

«Ich habe davon gelesen», sagte Frohnberg. «Schlimme Sache. Hieß es nicht, er bekomme demnächst eine große Samstagabend-Show?»

«Ich bin da nicht so im Thema», sagte Ritter.

Es ging nur langsam voran an diesem Buffet.

«Außerdem hat er doch was mit dieser Wetter-Frau», redete Frohnberg weiter. «Den Namen habe ich vergessen.»

Frohnberg war mit einer Katze befreundet, der kannte sich aus. Endlich waren sie bei den Desserts angekommen. Die Ritter aber ausließ. Zum Glück wurde Frohnberg jetzt von einer neuen Mitarbeiterin angesprochen, deren Namen Ritter genauso vergessen hatte wie Frohnberg den der Wetter-Frau.

Ritter setzte sich zu ein paar anderen und sah zu, dass er das Essen möglichst schnell hinter sich brachte. Die Kollegen rangen ihm die Zusage ab, heute auf jeden Fall noch in der Hotelbar vorbeizuschauen.

Auf seinem Zimmer schaltete er sich eine Zeitlang durch alle Fernsehprogramme, dachte kurz darüber nach, eine Komödie im Pay-TV anzusehen, fürchtete dann aber, mit einer entsprechenden Position auf der Rechnung zu Spekulationen einzuladen. Blumberg und Reif hatten diese Skrupel nicht. Die redeten noch beim Frühstück ganz ungeniert über die Praktiken, die in den einschlägigen Streifen zu bestaunen gewesen waren.

Nach einiger Zeit fand Ritter, es sei an der Zeit, seine Mails abzurufen und vielleicht nachzusehen, mit wem Frohnberg noch so alles im Internet befreundet war. Er suchte seinen

Ritter LOCKED

Rechner, bis ihm einfiel, dass er den ja eingeschlossen hatte. Erst als er vor dem Safe stand, wurde ihm klar, dass er vergessen hatte, mit welcher Geheimzahl er das Ding programmiert hatte. Er wusste, dass es nicht sein Geburtsdatum war, trotzdem probierte er es aus. Minutenlang starrte er die verschlossene Tür an, bis ihm einfiel, dass er sich wegen der Geschichte von Frohnbergs Katze und ihrer musikalischen Vorlieben für den Geburtstag von Bruce Springsteen entschieden hatte.

Und den hatte er vergessen.

Warum hatte er sich nicht für Kenny Burrell entschieden? 31.07.1931. Das war leicht. Und bedeutete ihm auch etwas. Ritter stellte sich vor, dies hier sei ein Blake-Edwards-Film, dann würde *Chitlins con Carne* von der LP *Midnight Blue* sehr gut als Hintergrundmusik passen. Stoisch verzweifeln. Und dazu Jazz.

Wie bekam er jetzt heraus, wann dieser Lastwagenfahrer aus New Jersey Geburtstag hatte? Aber wieso Lastwagenfahrer? Weil er wie einer aussah? Elvis Presley war mal Truck gefahren, wenn Ritter sich recht erinnerte.

Alles nutzlose Informationen.

Ritter legte sich aufs Bett und fragte sich, was Frohnberg zu der ganzen Sache sagen würde. Ein Mitarbeiter auf Managementebene, der zu dumm war, sich die Kombination seines Hotelsafes zu merken. Heldenhaft hatte er drei Fahrscheinkontrollen an einem einzigen Tag hinter sich gebracht, aber jetzt war er am Ende.

Bestimmt eine Stunde lag er da und starrte an die Decke. Dann raffte er sich auf und ging nach unten. In der Hotelbar hieß es: *Hoch die Tassen*. Blumberg und Reif natürlich mittenmang. Glückskinder, immer auf der Sonnenseite der Straße unterwegs.

Frohnberg saß etwas abseits, ganz allein, und trank Rotwein. Ritter konnte sich nicht entscheiden, ob er einsam aussah oder geheimnisvoll.

Und als Reif die Kellnerin, die vorhin noch die Getränke in den Konferenzraum gebracht hatte, mit einer witzigen Bemerkung dazu brachte, laut aufzulachen, ging Ritter zu Frohnberg und sagte, er habe da mal eine Frage.

Martina Brandl

Wechseljahre sind
keine Herrenjahre

Wechseljahre sind keine Herrenjahre? Niemals, niemals, niemals darf man einen Text, ein Kabarettprogramm oder seinen Hund so nennen. Das stößt ab. Das müffelt. Das langweilt. Da blättert der Leser sofort weiter, da klappert der Stadthallenhausmeister genervt mit dem Schlüsselbund, und der Hund gehorcht nicht. Würden Sie sich etwa auf der Straße umdrehen, wenn Ihnen jemand: «Hey! Wechseljahre sind keine Herrenjahre! Komm her!» hinterherruft? Oder auch nur das Beinchen heben? Natürlich nicht. Sie sind ein Mensch von Bildung, Niveau und ausgezeichnetem Geschmack. Deshalb haben Sie auch diese Anthologie gekauft. Sie möchten sich auf geistig anspruchsvollem Niveau amüsieren und sich nicht mit den Hitzewallungen anderer Leute beschäftigen. Davon haben Sie schließlich genug, wenn Sie sich in öffentlichen Verkehrsmitteln bewegen. Gerade jetzt, während Sie diese Zeilen lesen, ist vielleicht einer dieser Pendlerpupser im Begriff, seine verschwitzten Männertittchen an Ihren Astralleib zu drücken. Östrogene haben diese Altersbrüste reifen lassen. Insofern haben solcherart gerundete Männchen ihre Herrenjahre durchaus hinter sich. Weil sie mit diesem Wechsel aber noch nicht so richtig klarkommen, entwickeln sie ein Faible für Anonym-Kuscheln in der S-Bahn. Oder wie man

Wechseljahre sind keine Herrenjahre

in Berlin sagt: «In der Essi.» Man kürzt in der Hauptstadt gern ab, fährt mit der Eins zum Kotti und wird bei Wegbeschreibungen am Telefon gefragt: «Kommst du öffentlich?» Letzteres klingt ein wenig anzüglich. So ist Berlin. Spracharm, aber sexy. Ich weiß, wovon ich rede, denn ich bin mit einem Berliner verheiratet. Von ihm stammt der Spruch in der Überschrift. Ihm graust vor keinem Kalauer. Er sacht et, wie et is. Der Berliner konstatiert gern.

So war es auch, als er eines schönen grauen Großstadttages vor meine Bettstatt trat und sagte: «Wir ziehn aufs Land.» «Wieso?», nuschelte ich durch verklebte Lippen, und er stellte fest: «Weil da Ruhe herrscht.» «Geht klar», sagte ich und schüttelte mir den Sand aus den Wimpern. Bevor ich nicht Kaffee und Korn in mir spüre, bin ich wehrlos. Und mit Korn meine ich Müsli. Starkalkohol auf nüchternen Magen gibt es bei uns traditionell nur zu hohen Feiertagen. Und mit hohen Feiertagen meine ich Samstage.

Heute ist Dienstag, ich stehe katzennüchtern auf dem Bahnsteig einer kleinen schwäbischen Stadt in den Bergen und hätte gerne einen Nussschnaps. Nur, weil es so schön klingt. Und weil ich einen süßen Trost brauche. Wir wohnen jetzt in der Provinz. Wir wollten weg aus Berlin. Und mit «wir» meine ich den Berliner.

Bevor wir unseren Wohnort wechseln konnten, gab es viele lästige Dinge zu erledigen und den Kalauer aus der Überschrift zu variieren. «Wohnungswechsel sind keine Stellungswechsel», sagte mein Mann. Und damit hatte er recht. Sie sind viel anstrengender und machen weit weniger Spaß. Fürs Kistenpacken engagierten wir ein paar kräftige

Fachleute, aber die Gespräche mit den sogenannten Freunden mussten wir alle selbst führen. Denn die Frage sei mir erlaubt, ob es sich um echte Freunde handelt, die einem kalt lächelnd ins Gesicht sagen: «Ich geb euch zwei Monate, dann seid ihr wieder hier!»

Nicht selten spielte sich auch folgender Dialog ab:

«Wir ziehen auf die Schwäbische Alb.»

«Freiwillig???»

Darauf folgten jedes Mal tränenreiche Beschwörungen, man müsse sich unbedingt demnächst treffen, einen Abend zusammen verbringen, mal in Ruhe über alles reden, vielleicht bei einem schönen Essen. Daten und Uhrzeiten wurden ins Auge gefasst, Menüpläne aufgestellt, darüber gestritten, wer für wen kochen dürfe, und verbindliche Verabredungen vereinbart, die dann aus Gründen wie «Ich muss den kranken Cocker Spaniel einer Bekannten hüten» einen Tag vorher wieder abgesagt wurden. Alles genauso wie in den letzten zwanzig Jahren zuvor.

Wir hatten genug davon. Genug von oberflächlichen Bekanntschaften, überfüllten Verkehrsmitteln, der Hektik, dem Gestank und dem Krach. Krach wird ja hauptsächlich von Menschen verursacht. Sie hören laut Musik, laufen auf ihren Parkettfußböden in Holzclogs hin und her, verstopfen die U-Bahn-Waggons und gehen auf der Straße nie in einem uns genehmen Tempo. Entweder drängeln sie, oder sie schleichen. In jedem Fall stören sie. Bei den allermeisten Alltagsverrichtungen sind Menschen eher hinderlich, und zum Schreiben brauche ich sie nicht. Daher folgte ich meinem Mann aufs Land. Hier ist es überall schön leer, und es gibt es jede Menge Landschaft, in die man sich setzen kann, um

Wechseljahre sind keine Herrenjahre

sie zu beschreiben. Ich habe auch schon Anschluss an eine Gruppe junger Autoren gefunden. Sie nennen sich «7PS – Eurythmie und Marschmusik» und treffen sich einmal im Monat auf einer kleinen Bühne in der Landeshauptstadt, um ihre Texte vor Publikum vorzulesen. Heute ist also Lesebühnentag.

In zwanzig Minuten fährt mein Zug. Den davor, mit dem ich rechtzeitig in Stuttgart gewesen wäre, habe ich verpasst, weil ich mich nicht entscheiden konnte, was ich anziehen und ob ich mir noch schnell die Haare waschen sollte. Gott sei Dank fiel mir rechtzeitig ein, dass ich schon erwachsen bin und die Stimme der Vernunft in mir trage. Sie sagte: «Das ist nur eine Lesebühne. Da kommt man, wie man ist. Da geht es um Inhalte, also um das, was drin ist, nicht außen drauf.»
Meine innere Stimme klingt wie Senta Berger. Meistens hat sie recht. Es kommt drauf an, was drin ist, nicht außen drauf. Andererseits stehe ich auf einer Bühne. Erhöht. Jeder kann mir in den Schritt kucken. Wenn ich da was außen drauf habe, was sich in irgendwelche Körperfalten frisst, sieht man das von schräg unten besonders gut. «Jetzt beruhig dich doch erst a mal», sagt die Stimme, aber die hat gut reden. Wenn man aussieht wie Senta Berger, kann man alles anziehen, da kuckt jeder nur in dieses wunderschöne Gesicht. Niemand würde es wagen, Senta Berger in den Schritt zu kucken. Auch nicht auf einer Lesebühne. Ha, das wär echt merkwürdig: Senta Berger in Stuttgart auf der Lesebühne. Das wäre wie eine Cocktailkirsche auf einem Teller saure Kutteln. Das ginge überhaupt nicht. Senta Berger ist doch Schauspielerin, die könnte nur Fremdtexte vorlesen. Sie wäre außerdem viel

älter als die anderen. Und alle würden ihr in den Schritt kucken. Wie hatte sie vorhin gesagt? «Das ist eine Lesebühne,
da kommt man, wie man ist.» «Genau», hab ich mir gesagt
und einfach die Jeans anbehalten, die ich schon seit einer
Woche trage. Die hatte ich beim letzten Mal auch an. Es ist
die einzige Jeans, die mir noch passt. Und der Schritt hängt
etwas tiefer, als er müsste, damit bin ich aus dem Schneider.
Senta ist so klug. Wahrscheinlich macht das die lange Lebens-
erfahrung. Obwohl, ich bin ja jetzt auch keine zwanzig mehr.
Dreißig auch nicht. Mehr Jahrzehnte mag ich nicht aufzäh-
len. Auf jeden Fall bin ich viel älter als meine Lesebühnenkol-
legen und als die meisten im Publikum. Wieso soll ich mir da
Sorgen machen? *Die* müssen sich Sorgen machen, wenn sie's
nötig haben, so einer alten Fregatte wie mir in den Schritt zu
kucken. Ist doch vollkommen egal, was ich anziehe. Wahrscheinlich machen die in der ersten Reihe sowieso sechs
Minuten lang die Augen zu, bis wieder was Ästhetisches
kommt. Ein charmanter junger Mann mit Justin-Bieber-
Frisur oder ein melancholischer Russe mit Kuschelstimme.
Der macht sich bestimmt keine Gedanken darüber, ob ihm
jemand in den Schritt kuckt. Ist ja meistens die Gitarre davor.
Männer haben's da sowieso viel einfacher. Wenn einer schick
sein will, zieht er sich einfach ein Sakko über. Dass das aber
immer das gleiche Sakko ist, das höchstens für Milleniums-
feiern oder zur Gründung einer neuen Lesebühne gereinigt
wird, und unser Moderator deswegen so weit weg von allen
anderen steht, so etwas erfährt natürlich keiner. Und eins
kann ich euch sagen: Seine Achselhaare sind keine Frisch-
luftware. Ich sollte jetzt nicht anfangen, verkrampfte Wort-
spiele zu erfinden. Am besten, ich bleib einfach ganz locker,

Wechseljahre sind keine Herrenjahre

komme so, wie ich bin, und mit den Haaren mach ich's wie unser Moderator mit seinem Sakko. Ich wasch sie nicht. Die Zeit, noch mal nach Hause zu fahren, hätte ich sowieso nicht mehr. Außerdem hab ich das Problem mit einer praktischen Flechtfrisur gelöst. Damit kriegt man auch fettige Haare in eine ansehnliche Form. Und keinen stört's, wenn der Zopf schön glänzt. Meine Nachbarin hat mich heute Nachmittag dafür bewundert und gesagt: «Da hast du ja bestimmt ewig dran geflochten», und ich hab lachend geantwortet: «Ach was, das geht ratz-batz. Ist 'ne Drei-Minuten-Frisur.» Aber hier am Bahnsteig hab ich das Gefühl, die anderen Reisenden kucken mir aufs Geflecht. Das sind diese «Oh, na, da hat sich aber eine schick gemacht»-Blicke, und die drei Teenies, die mich kaugummikauend und mit dem einen Auge, das unter ihrem Pony hervorschaut, mustern, denken wahrscheinlich gerade: «Ey, boah, 'ne Vierzigjährige mit Flechtfrisur, wie peinlich is das denn???» Gott sei Dank schaltet sich Senta wieder in meinen Kopf und sagt: «Geh, ich bitt dich! Dann hat halt irgendein schwuler Friseur einen Flechtfrisuren-trend ausgerufen. Seit wann hat die Jugend ein Vorrecht auf Zöpfe?» «Genau!», denke ich. Simone de Beauvoir hatte schon vor fuffzich Jahren eine Flechtfrisur und überhaupt: Ich bin es leid, darüber nachzudenken, wie ich aussehe. Ich komme, wie ich bin, verdammt noch mal.

Aus den Lautsprechern scheppert eine Durchsage, und auf der blauen Digitalanzeige steht, der Interregio hat voraussichtlich 15 Minuten Verspätung. 15 Minuten klingt gar nicht gut. Fünf Minuten klingt gut.

Oder fünfzig. Dann hätte ich Zeit, noch mal nach Hause zu gehen und mir die Haare zu waschen.

MARTINA BRANDL

Ich horche in mich hinein.

Senta?

Senta schweigt verächtlich.

Aber ich weiß, was sie jetzt sagen würde. Sie würde ihr schmuckes Stupsnäschen kräuseln und mit ihrem unnachahmlich sanften Spott in der Stimme sagen: «Nie im Lebm hob i mir wos in die Hoar flechten lassen. Und i hob a ned a so an stoakn Akzent. I bin aus Österreich, aber ka Bäuerin, hearst?»

Ich meine aber: besser bäuerlich rüberkommen als angestrengt auf jugendlich machen. Am schlimmsten finde ich da den Spruch: Fünfzig ist das neue Vierzig. Wenn jetzt die Fünfzigjährigen aussehen wie vierzig. Wie soll ich denn dann aussehen? Ist Vierzig dann das neue Dreißig, und wo endet das? Soll man Studentinnen wie Schulmädchen behandeln? Ich sehe schon besorgte Mütter, die ihren Babys die Milchflaschen wegreißen mit dem Argument: «Säugling ist das neue Fötus. Und lasst sie ruhig schreien! Hungrig ist das neue Satt!»

Es gibt ein Foto von meiner Mutter an ihrem vierzigsten Geburtstag, da sitzt sie mit 85 Kilo um die Hüften in einem großgemusterten Kleid auf dem Sofa neben einem Strauß roter Gladiolen und sieht genau aus wie das alte Vierzig. Sie schiebt sich gerade ein Stück Schwarzwälder in den Mund und lacht.

Heute hungert sich Karl Lagerfeld in die Hosengröße, die er als Zwölfjähriger trug, und Frauen über fünfzig wollen aussehen wie Karl Lagerfeld. Sie haben Madonna-Arme vom Eviankistenschleppen und tragen knallenge Röhrenjeans. Ihre Haare sind lang, blondiert und mit dem Glätteisen

Wechseljahre sind keine Herrenjahre

heidiklumisiert. Sie sehen von hinten aus wie achtzehn, und wenn sie sich dann umdrehen, denkt man, man schaut gerade «Die Mumie 2».

Auf Geburtstagsfesten brüsten sich diese Frauen damit, kein Gramm Zucker oder Fett in den Kuchen getan zu haben. Meine eigene Schwester macht Tiramisu mit Magerquark. Tiramisu mit Magerquark!!!! Die kriegen wahrscheinlich auch Mehlspeisen ohne Mehl hin. Und Senta Berger würde wahrscheinlich dazu sagen: «Das ist eine Mehlspeise. Die isst man, wie sie ist.» Ha, ha, sehr witzig. Ich glaube, ich sollte mir mal eine andere innere Stimme suchen. Vielleicht nicht eine, die Werbung für Wella Haarshampoo macht und anderen rät, mit einer fettigen Flechtfrisur auf die Bühne zu gehen. Schlimm genug, dass Frauen dreißig Jahre nach Beginn der neuen Frauenbewegung immer noch nach ihren Haaren beurteilt werden. Angela Merkel: zu töpfig. Claudia Roth: zu goldig. Julia Timoschenko ... Genau!

Julia Timoschenko! Die orange Revolution! Natürlich! Die ehemalige ukrainische Premierministerin trug auch eine Flechtfrisur. Ha! Damit bin ich rehabilitiert. Ich renne keinem Styletrend hinterher. Ich bin eine Revolutionärin! Eine furchtlose Pionierin, die Zopf trägt, OBWOHL es absolut im Trend liegt.

Der Zug kommt, eine schlappe halbe Stunde zu spät. Das wird knapp für die Lesebühne. Für's schnell Haarewaschen hätte es gerade noch so gereicht.

Mein Handy klingelt. Es ist ein Kollege von der Lesebühne. Ob ich rechtzeitig komme, fragt er. «Ich komme, wie ich bin!», brülle ich in den Hörer und lege auf.

Ja, ich bin die Timoschenko der Stuttgarter Lesebühnen-

MARTINA BRANDL

szene, ich und mein Zopf, wir kommen überallhin! Außer nach Stuttgart. Denn wie es aussieht, treiben sich irgendwelche Kinder auf den Gleisen herum, und wir stehen jetzt schon seit zehn Minuten am Bahnhof zwei Käffer weiter. Mittlerweile ist es kurz vor acht. In einer knappen Stunde bin ich ganze zwölf Kilometer weit gekommen. Egal, immerhin hab ich mir in der Wartezeit interessante Gedanken gemacht. Vielleicht kann ich mal eine Geschichte daraus basteln. Ich bin ja Schriftstellerin. Die Timoschenko der Autorinnen. Eine Kämpfernatur. Ich werde mir von ein paar halbwüchsigen Gleisbelagerern nicht den Auftritt versauen lassen. Zur zweiten Hälfte reicht es noch locker. Am besten, ich fange gleich an zu schreiben. Während die anderen Mitreisenden stöhnen und in ihr Handy rufen: «Boah, weißischnisch, Kacklingen, Backlingen, keine Ahnung, irgend so was voll langes, ey, isch kotz gleisch!», hole ich Stift und Zettel raus und bin intellektuell. So lange, bis die nächste Durchsage kommt. Wir sollen alle aussteigen und in den Superbummelexpress auf dem Gleis gegenüber steigen. Die Stimmung in dem neuen Zug ist deutlich schlechter. Hier ist man der Meinung, die Kinder seien ausreichend gewarnt worden, und da man sie offensichtlich anders nicht vertreiben könne, solle man nun einfach Gas geben, dann würden sie sich schon dünne machen, und wenn nicht: Scheißegal, Härte zeigen sei das neue Sozialarbeit.

Draußen auf dem Gleis spielen zwei Zugbegleiter und der Bahnhofsvorsteher mit ihren Touchscreen-Handys Prognosen-Bingo. Scheinbar nach dem Zufallsprinzip bekommen sie alle paar Minuten abwechselnd unterschiedliche Meldungen von der Leitstelle in Ulm darüber, wann es denn

Wechseljahre sind keine Herrenjahre

nun weitergehen soll. Wenn zwei von ihnen gleichzeitig dieselbe Prognose kriegen, freuen sie sich und stoßen mit ihren Touchscreens an. Im Moment sind wir bei «voraussichtlich in dreißig Minuten». «Ich muss nach Stuttgart!!!», will ich rausrufen, «ich bin wichtig! Ich trage Zopf!» Wie zum Hohn kommt nun eine weitere Durchsage. Wir sollen alle aussteigen. Es werde ein Schienenersatzverkehr eingerichtet, eine Prognose darüber, wie lange das dauert, liege noch nicht vor. Wer nicht unbedingt nach Stuttgart müsse, solle lieber nach Hause fahren. Das tue ich dann auch mit dem nächsten Zug, der in die Gegenrichtung fährt. Ganz alleine sitze ich im RE nach Ulm, und als die Schaffnerin kommt, sagt sie: «Ach, Sie waren in dem Zug, der in Eislingen festsitzt. Das tut mir leid für Sie, Sie haben sich ja richtig schick gemacht», und ich seufze: «Ja, ich müsste jetzt eigentlich in Stuttgart auf der Bühne stehen, aber die Show findet nun ohne mich statt.» «Ach, wie interessant», sagt sie mit Blick auf meine Frisur, «war das ein Vertriebenentreffen?»

Oliver Uschmann & Sylvia Witt

Die innere Ruhe.
Eine Geschichte vom Land

Laura hat gesagt, aufs Land zu ziehen würde mir guttun. Wegen meiner inneren Unruhe. Als wir noch in der Stadt lebten, hat sie mir Yoga beibringen wollen, oben unter der Dachschräge. Es war das erste Mal in unserem gemeinsamen Leben, dass sie die Geduld verloren hat, obwohl Yoga ja dazu dienen soll, einen Menschen geduldiger zu machen. «Wenn ich die Arme hebe, hebe ich die Arme!», hat sie gesagt, «das ist Yoga. Du hebst die Arme und denkst, kaum dass sie überhaupt oben sind, schon wieder an den herabschauenden Hund. Und an die Steuererklärung.»

Da hatte sie recht.

Ich bin ungeduldig und rege mich schnell auf.

«Auf dem Land», sagte auch mein Schwiegervater, «wird sich das legen. Da wächst knallroter Klatschmohn am Feldrand, und morgens hörst du nur das Zwitschern der Vögel. Und am Schreibtisch arbeiten kannst du da auch.»

Jetzt ist es Morgen, wir sind auf dem Land, die Kaffeemaschine ist nicht mal durchgelaufen, aber was von draußen durch das Küchenfenster dringt, ist nicht das Zwitschern der Vögel. Es sei denn, die Vögel auf dem Gelände schräg gegenüber sind Cyborg-Phoenixe aus Metall, stahlglänzende Schlachtschwalben, die über ihren Schnäbeln zusätzlich Truckerhu-

Die innere Ruhe. Eine Geschichte vom Land

pen und die Trompeten von Jericho festgeschnallt haben. Und während ihre Klauen auf den Boden stampfen, steigt zwischen ihnen giftschwarzer Höllenqualm auf.

«7:30 Uhr!», rufe ich, als Laura auf dem Flur an der Tür vorbei zum Badezimmer huscht. «Ich bin extra eine halbe Stunde früher aufgestanden!»

Ihre Antwort gibt sie durch Zahnpastaschaum: «Der Mann ist Rentner. Den kannst du mit einer Zeit wie 7:30 Uhr nicht schlagen.»

Die Rede ist von unserem Nachbarn, dem 88-jährigen Herrn Dieningskamp, der auf seinem Gelände einen Trecker der Marke Lanz restauriert, ein Ungetüm aus den dreißiger Jahren, das statt mit Benzin mit Schweröl angetrieben wird.

Ich trete aus der Küche in den Flur und sage zu Laura, die im Bademantel zum Anbeißen aussieht: «Aber sonst beginnen die Restaurationsarbeiten doch immer pünktlich um acht!» Ich werfe den Kopf nach hinten und rolle mit den Augen: «Wie das schon klingt – Restaurationsarbeiten. Als würde der Kerl da drüben agrarautomobilen Denkmalschutz für die UNESCO betreiben Wie lange will er das noch machen?»

«Er ist alt, Lars. Lass ihn doch.»

Das Faszinierende an Laura ist ihre Gemütsruhe. Deswegen habe ich sie geheiratet. Gegensätze ziehen sich an. Ich weiß noch genau, wie ich sie das erste Mal gesehen habe, in einer Dortmunder U-Bahn. Sie war ein Licht unter finsteren Mienen, eine Insel der Zufriedenheit im Moloch der manisch Mürrischen. Sie stand einfach nur in der Bahn, im Berufsverkehr, die Hand an der Stange, und schaute so selig in die Welt, als gleite sie gerade in einem Ausflugsdampfer den Mississippi hinab. Die musst du kennenlernen, dachte ich und steckte den Edding weg, mit dem ich kurz zuvor noch dem Werbeträger einer Versicherung einen Hitlerbart gezeichnet hatte. Ich war jung, wild und zornig. Zornig ist übrig geblieben.

«Ladislaus Csizsik-Csatáry ist auch alt», sage ich nun also zornig. «97 Jahre sogar, aber es ist doch trotzdem richtig, dass sie ihn noch anklagen wollen.»

«Wer?»

«Ladislaus Csizsik-Csatáry, ein Naziverbrecher. Untergetaucht in Budapest.»

«Siehst du. Solche Sachen merkst du dir, Lars. Deswegen geht es dir schlecht.»

Ich schnaufe.

Die Kaffeemaschine klingt wie ein Erdrosselungsopfer.

Laura nimmt die Zahnbürste aus dem Mund, spült aus und sagt: «In der Zeit, die ich bräuchte, um mir allein diesen einen Namen zu merken, habe ich schon zwei Patienten behandelt und ihre Menschen glücklich gemacht.»

Laura ist Heilpraktikerin für Haustiere. Sie legt Havenesern heilende Hände auf, kuriert kranke Katzen mit Kinesiologie und mischt Bachblütentränke für Beagles. Überflüssig zu erwähnen, dass es hilft.

«Ich gehe da jetzt rüber!»

Der Kaffee ist fertig. Ich gieße mir eine Tasse ein, schlüpfe in die Schuhe und schaue zu Laura, da ich erwarte, dass sie mich aufhält. Tut sie nicht.

«Was ist?», fragt sie, betritt die Küche und schmiert sich ein Marmeladenbrötchen.

«Ich gehe da jetzt rüber.»

«Ein Mann muss tun, was ein Mann tun muss», sagt sie.

Die innere Ruhe. Eine Geschichte vom Land

Zehn Minuten später stehe ich wieder neben ihr. Sie hat ihr Brötchen in aller Ruhe gegessen und schiebt gerade die Krümel vom Teller in den Müllkorb.

«Schon erledigt?»

Ich grummle.

Nebenan springt der Trecker wieder an.

«Hat's nicht geklappt?»

«Er ist alt, Laura!»

«Aha.»

Ich muss dazu sagen: Zornig bin ich schon, aber nicht sonderlich durchsetzungsfreudig. Als damals in der U-Bahn der Kartenkontrolleur kam, stieg mir der Schweiß auf die Stirn. Ich starrte immer wieder zu dem Hitlerbärtchen auf der Versicherungswerbung und meldete schließlich freiwillig meine Urheberschaft daran an. Dabei saß ich gar nicht mehr auf dem Platz. Laura fand das unheimlich süß. Hat sie mir später erzählt.

«Was habt ihr denn geredet? Der Herr Dieningskamp und du?»

Ich brumme.

«Lars?»

Ich wackle mit dem Kopf.

«Lars?»

Nun fragt sie rehäugig, mit gesenktem Kopf, die grünen Augen groß und die Wimpern klimpernd. Ihre Augenbrauen sind wunderschön geschwungen.

«Ja gut, ich geb's zu: Ich habe ihm was gespendet! Für die Kriegsgräberfürsorge! Und jetzt will ich nichts mehr davon hören!»

Um neun Uhr, Laura ist unten in der Praxis, sitze ich im ersten Stock am Schreibtisch und schaue nach, was ich heute zu tun habe. Ich mache Buchhaltung für Privatleute, überforderte Selbständige, winzige Firmen. Die meisten stopfen ihre Quittungen tatsächlich in einen Schuhkarton, wenn ich ihnen sage: «Sie brauchen sich um nichts mehr zu kümmern. Stopfen Sie die Rechnungen einfach in einen Schuhkarton!» Mittlerweile sieht mein Büro aus wie eine Filiale von Deichmann. Auf dem Land versteht man keine Metaphern.

Ich hebe den ersten Karton an – Birkenstocksandalen –, nehme die erste Quittung heraus, klicke den Kuli für Zwischennotizen auf, trinke einen Schluck Kaffee und freue mich auf den Fluss freudiger Finanzkontrolle. Zahlen können mich beruhigen, denn Zahlen lügen nicht. Zahlen fügen sich. Aber sie erfordern auch Konzentration, Ablenkungsfreiheit. Zahlen sind mein Zen. Ich öffne die Software, in welche ich die Positionen eintrage, schaue auf die Quittung und ... werde erschüttert von einem blechernen Scheppern und Röhren, das meine Silhouette zucken lässt wie eine Comicfigur, die einen Stromschlag bekommen hat.

Es sind die Mopedfahrer.

Um neun Uhr morgens.

Sie sollten in der Schule sein, aber heute machen sie blau.

Sonst beginnen die Rennen immer erst am Mittag. Wie das schon klingt ... «beginnen die Rennen». Als würden diese Halbwüchsigen oben auf dem verwilderten Acker vor dem Bolzplatz einen offiziellen Motorsportbetrieb unterhalten, der Arbeitsplätze für Medienberichterstatter und Mechaniker sichert.

Die innere Ruhe. Eine Geschichte vom Land

Ich stehe auf, gehe ans Fenster und sehe sie – die jüngeren auf frisierten Rollern, der ältere auf einer großen 120-Kubik-Motocross-Maschine. Sind die Motoren einmal an, findet keine Quittung mehr ihren Weg in die richtige Verbuchungszeile. Mit jedem Krumen Ackerboden, den die Dorfjugend aus dem Reifenprofil schießen lässt, mindert sich mein Einkommen.

Ich hole die Kamera heraus, öffne das Fenster und mache Fotos. Ganz demonstrativ, denn die Jungs sollen mich ja gerade sehen. Angst kriegen. Denken, ich sende die Beweisbilder sofort an die Polizei. Aber sie gucken gar nicht rüber. Unten rauchen zwei Kundinnen vor der Haustür und warten darauf, dass ihre Vierbeiner dran sind. Hier oben fällt mir wieder ein, wie dringend unser Giebel gestrichen werden müsste. Seit Jahren. Laura würde sich freuen, nähme ich endlich mal den Pinsel in die Hand, aber sie ärgert sich nicht, solange ich es lasse. Das ist ihr Geheimnis. Sie freut sich über das Gute, aber sie ärgert sich nicht über das Unvollkommene, die fehlenden Haken auf der Aufgabenliste. So bekommt sie immer nur den Bonus. Aber wie kann sie bei dem Lärm Reiki machen?

Die Mopedfahrer gucken nicht. Ich hole ein Stativ, klappe es umständlich auf und wuchte es auf die Fensterbank. Dabei stelle ich mich absichtlich doof an. Ich mache unsinnig ausladende Bewegungen, damit die Krachschläger sehen, wie dort ein Mann im Fenster ein Stativ aufbaut. Aber sie gucken nicht. Ich fluche. Das Stativ rutscht ab. Ich rufe «Vorsicht!!!», und es kracht genau zwischen die qualmenden Katzenhalterinnen. Jetzt gucken die Mopedfahrer.

Laura stürmt vor die Tür, sieht das Stativ und dreht den

Kopf nach oben: «Was ist denn hier los? Wirfst du schweres Gerät nach meinen Kunden?»

Ich deute auf den Hügel, von dem die Möchtegernbiker gerade verschwinden, ein letztes Mal die Motoren aufheulen lassend, der Motocross-Teenager verlässt die Wiese nur auf dem Hinterrad. Dieser Affe. Ich hab als Kind nicht mal ein BMX gehabt. Lange Zeit mied ich den Friseur, weil ich glaubte, dass Haare Nerven haben. Ich korrigiere mich also: Ich war nur jung ... und zornig.

«Ja, da ... da oben! Die elenden Mopedfahrer vor dem Bolzplatz. Seit Wochen geht das so. Können die nicht einfach Fußball spielen?»

Laura lächelt ihre Kundinnen entschuldigend an und sieht dann wieder nach oben: «Sie sind jung, Lars. Lass sie doch.»

Bei unserem ersten richtigen Date wollte ich mit Laura in ein Café am Rhein, ein kleiner, angesagter Laden mit Tischen und Bänken am Strand, an denen der Fluss sein Wasser bis fast an die blanken Füße spült. Jahrelang war ich dort Gast mit Freunden oder allein, mir immer vorstellend, wie ich eines Tages meine Traumfrau hierher ausführen würde, an diesen bescheidenen, niedlichen, romantischen Ort. Und was war? Es hatte geschlossen, für immer, bankrott, ausgerechnet an unserem Abend! Die restlichen Restaurants entlang der romantischen Rheinmeile gehörten zur gehobenen Kategorie und hatten alle Tische bereits ausgebucht, sodass unser Date an einem Stehtisch mit roter Plastiktischdecke vor einem Hähnchengrill neben der S-Bahn-Station endete. Ich war unglaublich stinkig ... aber Laura? Sie legte die Hände auf meine, strich über das rote Plastik, als wäre es

Die innere Ruhe. Eine Geschichte vom Land

Samt und Seide, biss neckisch mit dem Mundwinkel in eine Pommes und sagte: «Wir haben heißes Essen. Wir haben uns. Wir haben den offenen Himmel. Das ist mehr, als die meisten haben.»

Ich habe nie wieder so gute Fritten gegessen.

«Jack the Ripper war auch jung!», entgegne ich auf Lauras nachsichtige Einlassung, während die Motorengeräusche oben verklingen. Dann winke ich ab und kehre zu meinen Quittungen zurück.

Am Abend stupst Laura ihre Nase in meine Armbeuge. Bis eben hatte ich miese Laune, da ich heute fast nichts geschafft habe. Doch jetzt grinse ich. Meine Herzfrequenz steigt. Wenn Lauras Nasenspitze in der Armbeuge anklopft, heißt das, dass wir gleich Sex haben. Die laue Sommerluft, die von draußen hineindringt, riecht nach Ferien. Solche Luft gab's in der Großstadt nicht. Und das Schönste ist, dass so spät abends von draußen nur noch die Hainbuche raschelt.

«Bambelobrie?», sage ich, drei Oktaven höher, als ein Mann öffentlich klingen sollte. *Bambelobrie* ist keine Käsesorte, sondern unser Wort für Zärtlichkeitsanbahnung, eine phonetische Niedlichkeit, die sich irgendwann so ergeben hat. Jedes Paar hat eine. Keines gibt es zu.

«Bambelobrie!», bestätigt Laura.

Ich drehe mich um, schließe die Augen und nähere meine Lippen ihren an, als draußen plötzlich brüllend lauter Kirmesschlager einsetzt.

Jan Pillemann otze / Pillemann otze Arsch / er konnte feiern / ohne Schlaf!!!

Bumm. Bumm. Bumm.

Ich sehe vom Bett auf wie ein Strauß, der den Hals in die Höhe streckt.

Nur dass mein Hals gerade bedeutend breiter anschwillt.

«Wie bitte?», presse ich durch die Lippen und stiere durch zusammengekniffene Augen nach draußen wie John Wayne vor dem Duell. «Jan Pillemann otze? Ich kriege einen Hals, Laura.»

«Lars, ganz ruhig ...»

«Einen Hals. Aber so was von ... das ist schon Doppelhals!!!»

«Lars, das sind nur die Lendermanns.»

«Die Lendermanns?»

«Unsere Nachbarn. Olaf hat Geburtstag.»

Ich rudere planlos mit den Armen. Das Bett wackelt.

«Ja, aber ... Jan Pillemann otze Arsch???»

«Lars, du wirst rot. Wangen, Hals, Brust. Alles wird rot. Bleib gelassen.»

«Laura. Ich habe heute nicht mal einen Schuhkarton geschafft. Nicht mal einen einzigen Karton! Nach den Mopedfahrern kam der Mähdrescher. Nach dem Mähdrescher kam der Randschneider. Oben in der Querstraße haben sie, glaube ich, ein Boot repariert. Es wurden Steine gesägt, Strommasten versetzt, Kathedralen enthauptet. Und dann die Laubbläser von der Stadt.» Die städtische Blaskapelle, so nenne ich sie, seit wir hier wohnen, innerlich. Männer mit lauten Rohren. Den einen Tag blasen sie das Laub den Hügel hinauf. Den anderen Tag blasen sie es wieder hinab. Dafür zahlen die Leute, denen ich die Papiere mache, ihre Steuern. Laub rauf. Laub runter.

«Lars ...»

Die innere Ruhe. Eine Geschichte vom Land

Lauras Hände legen sich sanft auf meine angeschwollene Brust. Das ist schön. Lauras Hände sind die Liebe. Nicht umsonst können sie Katzen heilen.

«Laura. Ich kann nicht arbeiten. Ich kann nicht frühstücken, in Ruhe. Und abends dann, wenn mal ein bisschen Leben möglich wäre, ein wenig lecker Bambelobrie, dann legt Olaf Lendermann Ballermannschlager auf???»

«Jeder Mensch braucht Spaß im Leben, Lars.»

«Du kannst das? Ehrlich? Du kannst Liebe machen zu den Zeilen: ‹Pillemann otze Arsch / er konnte feiern / ohne Schlaf.›? Ehrlich? Ich erinnere dich an das eine Mal, da war dir *Lady in Red* schon zu viel.»

«Machen wir eben das Fenster zu.»

«Ich will aber in meinem eigenen Haus nicht das Fenster zumachen müssen!»

«Ach, Lars …»

Laura sinkt ins Kissen zurück und klaubt sich ihre kleine, weiße Nintendo-Konsole vom Nachttisch. Sex wird's heute nicht mehr geben, weiß sie, also fängt sie, ohne Zeit zu vergeuden, ein Rätsel an. Schöne Musik ertönt, wie aus einem französischen Kunstfilm. Sie spielt *Professor Layton*. Laura ärgert sich nie. Sie macht sich die Stunden schön, die Minuten, die Momente. Sie dreht den Ton lauter. Ich kann jetzt nichts spielen. Oder lesen. Ich überlege schon wieder, die Polizei anzurufen. Gleichzeitig fällt mir ein: *Eine* Party im Jahr ist unangemeldet jedem Bürger erlaubt, sogar in Mietwohnungen. Da darf Olaf in seinem eigenen Haus erst recht die ganze Nacht über den Pillemann rausholen, gerade wenn er Geburtstag hat.

«Der größte Lärm ist immer noch in deinem Kopf», sagt

Laura, während sie die Stirn runzelt und nach Lösungen für das Rätsel fahndet. «Die Welt schickt dir das zurück, was du in sie hinaussendest. Stell dir mal vor, ich lege einem Labrador die Hände auf und kriege dabei innerlich einen Doppelhals. Da wird er nicht gesund von, da kriegt er Extrageschwüre.»

Ich starre sie an.

Sie tippt eine Lösung an und freut sich wie ein Kind, als nach drei Sekunden Tick-Tack das RICHTIG! auf dem kleinen Bildschirm ertönt und der Professor mit warmer Stimme sagt: «Ein Gentleman löst jedes Rätsel.»

Ein paar Tage später schmiere ich mir morgens ein Marmeladenbrötchen mit so viel Sorgsamkeit und Anmut, als würde ich mit dem Gelee auf der Butter malen. Das Küchenfenster steht offen. Draußen scheppern die Fanfaren des Untergangs. Lanz-Trecker, Mopedfahrer, Großpflüge, Rasenkantenschneider, Laubbläser und Bauarbeiter. Den Himmel durchschneiden Helikopter der nahe gelegenen Kaserne sowie Düsenjets. In der Kanalisation bohren sie neue Röhren. Am Horizont stürzen Sendemasten. Das ganz normale Landleben. Doch ich? Ich pfeife beim Schmieren. Kleckse rote Akzente wie Salvador Dalí.

«Was ist denn mit dir passiert?», freut sich Laura.

«Nichts», antworte ich. «Oder alles. Ich mache jetzt, was du sagst.»

Ich berühre mit den Fingerspitzen meiner Hände die Schläfen und lasse sie wieder los: «Innere Ruhe = äußere Ruhe!»

Sie lächelt, nimmt es hin und gibt mir einen Kuss auf die Wange. Draußen warten die Patienten.

Die innere Ruhe. Eine Geschichte vom Land

Kaum ist sie in der Praxis, eile ich an den Laptop, öffne die ganzen Fenster bei eBay, die meine erfolgreichen Einkäufe anzeigen, und checke die Antworten der Verkäufer auf meine Vorschläge für günstige Lieferzeiten. Sie gehen alle darauf ein. Zufrieden verschränke ich die Arme hinter dem Kopf und lehne mich im Stuhl zurück wie ein Feldherr, der schon jetzt weiß, wann zurückgeschossen wird. In vier Tagen ist alles Nötige hier, angeliefert, während Laura schon abgereist ist zu ihrem Fortbildungsworkshop *Tuina für Tiere* in Bamberg. Mein Waffenarsenal. Ein Wochenende freie Bahn für meinen Krieg.

Ich kann nichts daran ändern, dass ich bin, wie ich bin.

Lauras heilige Werke sind *Im Hier und Jetzt zu Hause sein* von Thich Nhat Hanh und *Das Organon der Heilkunst* von Samuel Hahnemann. Meine heiligen Werke sind *Ein Mann räumt auf* mit Charles Bronson und das Alte Testament.

«Du kannst es ja jetzt», schwärmt Laura. Es ist das erste Mal seit Jahren, dass wir wieder gemeinsam Yoga machen. Ich habe es vorgeschlagen. Und jetzt stehe ich auf der Matte, die Arme oben, und nichts weiter. Laura löst sich selbst aus ihrer Bewegung und geht um mich herum wie ein Kameramann, der ein Weltwunder umkreist.

Sie sieht mich prüfend an.

Fragend. Fasziniert. Skeptisch.

«Du denkst gerade wirklich nicht an die Steuer, oder?»

Ich schüttle langsam und transzendental den Kopf.

Sie berührt mich zaghaft, als könnte ich unter Strom stehen.

«Du bist tatsächlich ganz gelassen.»

Sie flüstert.

Ich lächle.

Es ist die Vorfreude, die mich seit Tagen so zufrieden macht. Die Vorstellung, wie ich übermorgen den röhrenden, stinkenden Dieselgenerator direkt neben den Zaun von Herrn Dieningskamp stelle und ihn anwerfe, um 5:30 Uhr morgens, das wollen wir doch mal sehen. In den Laubhaufen der städtischen Blaskapelle werde ich Farbschüsseln verstecken, flache, gut gefüllte Behälter, deren Inhalt die Männer in Skulpturen für Action Painting verwandelt. Mit der neuen Leiter klettere ich Olaf Lendermann aufs Dach, während er arbeitet, und dann klebe ich mit Panzertape einen Ghettoblaster so auf das Taubengitter seines Schornsteins, dass die Boxen in den Schacht zeigen. Die Fernbedienung des Gerätes reicht für fünfzig Meter. Am Abend dann, wenn er vor dem Fernseher sitzt, schalte ich das Teil ein, und fürchterlicher Krach wird über ihn hereinbrechen, Krach von der Band meines Neffen, der tatsächlich jung, wild und zornig ist. Sie nennen sich *Kotzkrumen,* und das ist sehr treffend. Olaf wird untergehen in dem Gebrüll und die Quelle nicht finden. An den Halbstarken mit den Mopeds schließlich werde ich auf einer geliehenen Harley vorbeirollen, jawohl, das werde ich tun, zweihundert Euro zahle ich dem Besitzer dafür, der hinter der nächsten Häuserecke warten wird, um seinen Feuerstuhl gleich wieder in Empfang zu nehmen. In Schrittgeschwindigkeit werde ich fahren, er bringt es mir vorher bei, und dann rufe ich den Jungs zu, was für Versager sie sind auf ihren knötternden Zahnstochern, Versager mit winzigen Testikeln, die niemals eine echte Maschine haben werden. Mein Gott, was

Die innere Ruhe. Eine Geschichte vom Land

geht mir die Pumpe vor der Aktion – ich habe mich als Kind wie gesagt nicht getraut, BMX zu fahren –, aber was tut ein Mann nicht alles, wenn ein Mann es tun muss.

Das Wissen darum, dass ich all das machen werde, hat dafür gesorgt, dass ich die ganze Woche über lächeln muss. Ich grüße Herrn Dieningskamp in seinem Schwerölqualm und Olaf Lendermann nach Feierabend, winke den Halbstarken auf dem Motorsporthügel zu und plaudere mit den Laubbläsern, als sie Butterbrotpause machen.

«Du hast sie endlich gefunden ... die innere Ruhe», sagt Laura, als sie ihre Inspektion während unserer Yogastunde beendet hat. Dann stößt sie ihre Nasenspitze in meine Armbeuge.

Am Samstagvormittag hocke ich vor dem frisch angelieferten Generator. Was für ein Kawenzmann. Mit so was treiben Rocker auf den Campingplätzen von Festivals ihre Nachbarn in den Wahnsinn. Diesel. Grob, stinkend, laut. Meine Waffe gegen den Trecker. Sie werden schon sehen, wie sich das anfühlt, wenn der Nachbar bollert und stinkt, Herr Dieningskamp. Morgen früh schon.

Ich fühle mich gut. Heute Morgen habe ich die Farbschüsselchen in den Laubhaufen für die städtischen Arbeiter verteilt. Der Harleyfahrer ist auf dem Weg. Die Leiter für meinen Dachüberfall auf Olafs Schornstein lehnt aluminiumglitzernd hinter mir am Haus. Der Ghettoblaster steht auf den Stufen, geladen mit der ersten Proberaumkassette von Kotzkrumen. Damit fange ich jetzt an. Ich packe die Leiter, spanne die Bauchmuskeln an und höre, wie jemand hinter mir mich freundlich begrüßt.

«Guten Morgen, Herr Nachbar!»

Ich schleudere herum.

Olaf Lendermann steht in seiner Haustür, als wäre heute kein Arbeitstag. Dabei hat er samstags immer Dienst. Er trägt grün-rot gestreifte Schlappen.

«Willst du den Giebel streichen?», fragt er und schaut abwechselnd auf die Leiter und den Ghettoblaster. «Schön mit Radio dabei?»

Olaf zeigt mit dem Daumen über seine Schulter ins Haus: «Hab heute frei. Überstunden abbauen. Mir war diese Woche danach. Mache ich sonst nie. Bin eigentlich viel zu verbissen. Ich weiß auch nicht, es lag irgendwie in der Luft ...» Er zeigt zum Dach: «Sollen wir den Giebel zusammen streichen?»

«Ich ...»

Eine plötzliche Vision: Laura kommt nach dem Workshop heim, schaut an der Fassade hinauf und sieht das Holz in neuem Weiß erstrahlen. Eine schöne Vorstellung. Es kitzelt mich in der Armbeuge.

«Okay ...», sage ich.

Eine Viertelstunde später stehen wir nebeneinander auf zwei Leitern – Olaf besitzt ein kürzeres Exemplar, das für den Giebel aber auch reicht, da es nicht erworben wurde, um bis zum Taubengitter vorzudringen –; wir stehen da und streichen, während mein Blick immer wieder zum Mopedacker und den Laubhaufen wandert.

«Wartest du auf jemanden?»

«Öh ... nein.» Ich kaue auf der Lippe und füge hinzu: «Komisch. Heute kommen gar keine Laubbläser von der Stadt.»

Die innere Ruhe. Eine Geschichte vom Land

«Ja. Angenehm, oder? Machen mal frei. Wie ich.»

Wir streichen.

Die Pinsel bewegen sich in ruhiger Gleichförmigkeit.

«Neulich hatte ich Geburtstag», sagt Olaf. «Mein Neffe war da. Bringt Schlager mit, Ballermannhits. Ich dachte, ich höre nicht richtig. Was für ein beknackter Mist! Aber ich dachte, lass ihn mal.»

Ich sehe ihn an.

Der Ghettoblaster spielt Radio. Die Kassette darin habe ich verheimlicht.

«Neffen haben keinen Geschmack», sage ich.

«Die nächsten Geburtstagspartys feiere ich alle auswärts», sagt Olaf. «In der Kneipe. Mit DJ. Ist auch besser für eure Nerven, oder?»

«Ach», sage ich, «ich hab gar nichts gehört.»

Nach zwei Stunden ist der Giebel fast fertig. Kein Laubbläser hat sich blicken lassen. Wenigstens erklingen jetzt Mopedgeräusche. Aber nicht auf dem Hügel. Sie nähern sich dem Haus. Und verstummen. Ich schaue die Leiter hinab. Auf dem Vorplatz stehen die Jungs, die mich sonst oben auf dem Acker seit Wochen in den Ruin treiben.

«Hallo!», sagt ihr Anführer, fünfzehn Jahre vielleicht, weiches Gesicht. Er fährt die Motocross-Maschine.

«Hallo», antworte ich.

Olaf streicht weiter. Im Radio läuft «You Can Go Your Own Way».

«Wir haben eine Frage», sagt der Junge.

«Ja?»

«Stört es Sie eigentlich, wenn wir da oben rumfahren?»

Ich weiß nicht, ob ich das gerade gehört habe. Will der mich demütigen? Ich suche im Blick des Jungen nach Sarkasmus oder Ironie, nach irgendeiner Spur des bösartigen Gifts, das bei Erwachsenen hinter weißfreundlichen Zähnen und cooler Kumpeligkeit gärt. Nach Raubtier-Augen. Aber der Junge hat sie nicht. Er hat die Augen eines freundlichen Fünfzehnjährigen, der krachige Mopeds mag.

«Ja», sage ich. «Ja, um ehrlich zu sein, macht es mich irre. Ich arbeite zu Hause und kann mich bei dem Lärm nicht konzentrieren.»

«Dann sagen Sie das doch einfach, und wir fahren woanders! Unten, auf den Brachwiesen hinter dem Gewerbegebiet. Ist doch kein Problem.»

Ich glaube es nicht.

Die Jungs sitzen wieder auf.

«Wir dachten, wir fragen Sie einfach mal», setzt der Fünfzehnjährige zum Abschied hinzu. «Sie haben diese Woche immer so freundlich gegrüßt ...»

Sie knattern davon, nicht den Hügel hinauf ... den Hügel hinab! Zum Gewerbegebiet, außer Schallweite.

«Nette Jungs», sagt Olaf.

Als der Giebel fertig ist und wir mit kühlen Bierflaschen auf der Vortreppe sitzen, bollert eine Harley heran. Ein muskulöser Mann mit langem Bart und Totenkopfhelm schaltet den Motor aus und steigt ab.

«So», sagt er und sieht sich um, «wo sind jetzt die Knötterknaben?»

Am Abend telefoniere ich mit Laura. Es ist zehn Uhr. In sechseinhalb Stunden stelle ich den Generator an des Tre-

Die innere Ruhe. Eine Geschichte vom Land

ckernachbarn Zaun. Herr Dieningskamp hat seine Dreckschleuder im Laufe des Tages wieder angeworfen und schwarze Wolken zu uns Malern und Anstreichern oben am Giebel geschickt. Wenigstens einer, auf den man sich verlassen kann. Laura und ich machen Fern-Bambelobrie. Es ist schön. Wir kichern, als wir fertig sind, ich daheim unter einem neuen Giebel, sie in der Ferne unter dem Dach einer kleinen Pension.

Als ich auflege, springt nebenan der Trecker wieder an.

Um 22 Uhr abends.

Das ist noch nie passiert.

Wart's nur ab, denke ich mir und grinse. Doch das Geräusch klingt anders als sonst. Es wird lauter. Ich schaue aus dem Fenster. Das Gerät bewegt sich! Herr Dieningskamp fährt es vom Hof! Was soll das denn?

Ich greife nach meiner Hose, werfe mir ein Hemd über und renne um den Garten herum zum Zaun des Schwerölrentners. Ich winke und rufe. Herr Dieningskamp schaltet das Monstrum wieder aus.

«Was machen Sie da?», frage ich, völlig entsetzt, dass die stärkste Störung meines Lebens mir nun auch noch genommen werden soll.

Herr Dieningskamp lächelt. Jungen Frauen würden seine buschigen, grauen Augenbrauen ganz locker als fingerlose Winterhandschuhe passen.

«Es gibt eine große Scheune, in der Kreuzbauerschaft. Da bastele ich an dem ollen Schätzchen weiter.» Er zeigt rüber zu unserem Haus.

«Das kann ich Ihnen doch nicht antun. Sie streichen da fleißig Ihr Haus strahlend weiß, und ich verpeste die Luft.»

Ich denke an den Generator, der eine Mauer weiter auf seinen Einsatz wartet. Gewartet hat.

«Denken Sie, ich wollte das ewig machen? Mit dem Trecker?», fragt Herr Dieningskamp.

«Ach was ...», sage ich.

Herr Dieningskamp zeigt zur Haustür. «Meine Frau sagte auch, Alfons, sagte sie, zieh jetzt mal mit deinem Trecker um. Guck mal, der Nachbar, der grüßt die ganze Woche schon so freundlich und kann nicht mal mit uns plaudern, weil ständig der Motor knöttert.»

«Ja, dann ...», sage ich.

«Kommen Sie mal vorbei», sagt Herr Dieningskamp. «Nur so, zum Kaffee. Mit Ihrer schönen Frau.» Er lächelt. Die Damenhandschuhe hüpfen.

«Machen wir», sage ich.

Ein paar Tage später sitzen Laura und ich tatsächlich bei Herrn und Frau Dieningskamp im Garten. Johanna, so heißt Alfons' Frau, hat Kuchen gebacken, selber, nach altem Handwerksrezept. Schwarzwälder Kirschtorte. Ich kann mir nicht vorstellen, wie man das in Handarbeit hinkriegen soll. Die letzte Schwarzwälder Kirschtorte habe ich aus der Tiefkühlung im Supermarkt gekauft. Sie enthielt mehr einzelne Bauteile als ein Teilchenbeschleuniger, hatte aber nur einen Geschmack: süß. Bei Johannas Torte ist es exakt umgekehrt: Sie enthält wahrscheinlich nur Kirschen und Schwarzwald, schmeckt aber nach hundert einzelnen, phantastischen Nuancen.

«Und? Kommen Sie mit dem Trecker voran?», fragt Laura höflich.

Die innere Ruhe. Eine Geschichte vom Land

«In der Scheune zu arbeiten macht viel mehr Freude», lächelt Herr Dieningskamp zufrieden, und die Damenhandschuhaugenbrauen hüpfen. «Wenn man weiß, dass man niemanden stört.» Er hebt die Kuchengabel: «Bald wird er das erste Mal ausgestellt. Oldtimertreffen in Ochtrup.» Er strahlt.

Ich schaue über seine Schulter zum Weg. Ein Vogelschwarm huscht aus der Hecke. Es ist das lauteste Geräusch seit Tagen.

Die Stille macht mich nervös.

Ich habe heute wieder nicht mal einen Schuhkarton geschafft, weil ich nach jeder fünften Quittung ins Netz gehe, um eben schnell ein Video auf YouTube zu gucken. Meistens Motocross-Rennen, mit Hügeln und Doppelsaltos.

«Es geht doch nichts darüber, ungestört arbeiten zu können», sagt Laura. «Oder, Schatz?»

Sie tippt mich an.

«Was?»

Lächelnd schüttelt sie den Kopf.

Johanna packt mir Nachschub auf den Teller. Ein Silberlöffel gräbt sich in die Sahneschale.

Auf dem Weg nähert sich Lärm.

Ich horche auf. Verlängere den Hals. Scharre mit dem Fuß unter dem Tisch. Es sind die Laubbläser. Die städtische Kapelle ist wieder da!

Laura legt mir die Hand auf den Unterarm, atmet tief aus und sagt: «Ganz ruhig, Schatz. Gaaaaaanz ruhig.»

Doch ich grinse nur. Fiebrig und froh, beseelt vom Bild der Farbschüssel, die sich seit Tagen im Schatten der Blätter versteckt, weil sie Geduld gelernt hat.

OLIVER USCHMANN & SYLVIA WITT

Wie ich.

Noch fünf Schritte bis zum ersten Laubhaufen.

Ach, ist das Landleben schön.

Mia Morgowski

Ordnung muss sein

9 **Uhr 50.** Innenstadt von Branovac.

«Das ist es?», fragt meine Frau Paula und deutet ungläubig auf den Rotklinkerbau, vor dem ich gerade gehalten habe. «Das Ortsamt? Bist du dir sicher, dass wir hier parken dürfen?»

Sie zeigt auf ein rot-blaues Schild, das vermutlich den Beginn einer Parkzone ankündigt. Was genau es allerdings mit den zwei Bildern auf sich hat – ein Handy mit vier Zahlen auf dem Display und eine kleine Liste –, ist mir ein Rätsel. Trotzdem wähle ich testweise die Nummer. Von irgendwo aus dem All, so hört es sich jedenfalls an, ertönt eine Automatenstimme, die ich nicht mal ansatzweise verstehe. Irritiert lege ich auf.

«Keiner da», erkläre ich lapidar und mache eine Geste in Richtung Behörde, «wir werden ja ohnehin nicht lange bleiben. Ich habe alle Unterlagen dabei. Was auszufüllen war, ist ausgefüllt – jetzt müssen wir den Kram nur noch schnell reinreichen. Außerdem», ich parke und ziehe den Zündschlüssel raus, «sind wir hier nicht in Deutschland, sondern in Serbien. Hier ist man nicht so pedantisch.»

Paula nickt und schweigt, aber ich weiß natürlich genau, was sie mir damit eigentlich sagen will: Und das meinst ausgerechnet du, der hier geboren ist? Der seine Bücher nach Farben sortiert, für jeden Fleck ein passendes Reinigungs-

Ordnung muss sein

mittel besitzt und zwei Mal im Jahr unsere Terrassenfliesen kärchert? Pedantischer kann man wohl kaum sein.

Der Grund, warum meine Frau und ich nach Serbien, in meinen Geburtsort gereist sind, ist jedenfalls schnell erklärt: Ich möchte hier ein Dokument abgeben. Persönlich. Damit nichts schiefgeht. Man hat ja mit Behörden schon die dollsten Dinger erlebt.

Bei besagtem Dokument handelt es sich um meinen *Antrag zur Entlassung aus der serbischen Staatsbürgerschaft*. Nach 30 Jahren, die ich inzwischen in Deutschland lebe, beabsichtige ich nun, mich in meiner Wahlheimat einbürgern zu lassen. Damit ich wählen gehen darf. Und endlich auch über Rauchverbote und Kita-Gründungen abstimmen kann, um nur mal ein paar Argumente anzuführen. Von deutscher Seite habe ich bereits grünes Licht bekommen. Allerdings unter Vorbehalt – weil es noch die Zusage von Serbien braucht, das man mich auch gehen lässt. Ordnung muss nun mal sein.

Paula unterstützt meinen Entschluss, wenn auch aus eigenen Motiven. Denn Paula möchte reisen. Mit mir. Und das ist mit einem deutschen Pass nun mal viel unproblematischer als mit einem serbischen.

In Paulas Augen bin ich ohnehin längst über-integriert, nicht nur wegen meiner Vorliebe für Kärchergeräte. Sondern auch, weil ich Schwarzwälder Kirschtorte so liebe. Weil ich an roten Ampeln halte und sonntags mit dem Akku-Sauger durchs Auto turne, um Paulas Brötchenkrümel zu entfernen. Und weil ich beim Kochen deutsche Volkslieder singe. Aber das erzählen Sie bitte nicht weiter.

Natürlich gab es in der Vergangenheit auch immer gute Gründe gegen einen Wechsel der Staatsbürgerschaft. Meine

MIA MORGOWSKI

tief verwurzelte Abneigung gegen Behörden beispielsweise. Und genau die macht mir jetzt schon zu schaffen, als Paula und ich aus dem Auto steigen und auf das Ortsamt zusteuern. Kurz hadere ich, ob es nicht doch besser gewesen wäre, meinen Ausbürgerungsantrag in Hamburg direkt beim serbischen Konsulat abzugeben, doch dann verwerfe ich den Gedanken wieder. Angeblich lassen sich durch das persönliche Erscheinen in Serbien gut und gerne zwei Jahre Bearbeitungszeit einsparen. Deshalb haben wir unseren Wanderurlaub auch verschoben und sind stattdessen nach Branovac gereist.

10 Uhr. Paula und ich betreten das Gebäude, ein zweistöckiges Haus mit roten Klinkern und bröckeligem Putz, dafür aber mit neuen Fenstern und funktionierender Klimaanlage. Drinnen empfängt uns der behördentypische Geruch, der überall auf der Welt gleich zu sein scheint, und ein Pförtner mit schief stehenden Zähnen. Nuschelnd erkundigt er sich nach meinem Anliegen.

Nein, hier sei ich falsch, erklärt er und fuchtelt wild mit den Armen. Der Bereich für Einwohnerangelegenheiten sei ausgelagert worden. Gleich um die Ecke, in die Polizeiwache.

Paula, die sich zwar redlich bemüht, Serbisch zu lernen, einer Konversation unter Muttersprachlern aber längst noch nicht gewachsen ist, blickt mich entsetzt an. «Wir müssen zur Polizei?» Und wieder weiß ich, was sie denkt: Wäre vielleicht doch besser gewesen, wir hätten ein Parkticket gelöst.

10 Uhr 15. Auf der Wache hat man anderes zu tun, als sich um Parksünder zu kümmern. Im gesamten Erdgeschoss herrscht die Betriebsamkeit eines orientalischen Bazars. In-

Ordnung muss sein

mitten der Menschenmenge, sicher verschanzt in einem kleinen Kabuff, bewahrt ein Pförtner den Überblick. Er schickt uns durch einen verstopften Gang in Zimmer 22.

Ganz Branovac scheint heute auf den Beinen zu sein und etwas anmelden zu wollen. Ein neugeborenes Baby, ein Auto oder aber – wie der Mann, der uns gerade aus Zimmer 22 entgegenkommt – eine originalverpackte Shotgun. Ich fühle, wie sich Paulas Hand in meine legt.

Der Raum ist klein, pistaziengrün getüncht und hat ein Fenster, durch das man auf einen sonnendurchfluteten Hof blickt. Hinter einer Sachbearbeiterin mit blondiertem Haar, die laut Schild auf ihrem Busen *D. Petrović* heißt, prangt ein überformatiger Kalender mit Bergpanorama. Die Dame winkt uns lächelnd heran. Ich trage mein Anliegen auf Serbisch vor, lege meinen Pass, die Einbürgerungszusage aus Deutschland und ein ausgefülltes Formular, das ich mir von der Website der Botschaft ausgedruckt hatte, auf den Tisch. Dann warte ich stumm, bis D. Petrović alles ausgiebig studiert hat. Kurz checkt sie etwas in ihrem Computer, danach blickt sie mich an. «Wie lautet Ihre Personal-ID?»

Meine was? «Äh ... so etwas habe ich nicht.»

«Sie steht in Ihrem Personalausweis.»

«Ich habe keinen Personalausweis.»

Das Lächeln auf dem Gesicht von D. Petrović erstirbt augenblicklich. Mit gerunzelter Stirn bemerkt sie: «Hier im Computer steht, dass Sie 1998 einen Personalausweis ausgehändigt bekommen haben.»

Nun, das ist mir neu. Möglicherweise habe ich es aber auch einfach nur vergessen, da ich in Deutschland bisher ausschließlich meinen Pass benötigte. Aber da ich mich hier ja nur aus- und nicht einbürgern lassen möchte, dürfte es doch wohl kaum ein Problem sein, wenn man nur ein Ausweisdokument besitzt.

«Ich habe leider nur noch den Reisepass.» Unsicher werfe ich einen Blick zu Paula, die zwar kein Wort versteht, aber über sensible Antennen verfügt. Paula würde Probleme auch wittern, spräche ich Mandarin mit D. Petrović. Trotzdem will ich sie nicht verunsichern und gebe ihr durch souveränes Kopfnicken zu verstehen, dass alles in bester Ordnung ist.

Doch Paula bleibt misstrauisch. Und ich weiß auch, warum. Als wir vor fünf Tagen in unserem Hotel im 50 Kilometer entfernten Belgrad eintrafen, musste ich nämlich leider feststellen, dass die Einbürgerungszusage noch zu Hause in meinem Büro auf dem Kopierer lag. Zwar konnten ein Anruf bei den Nachbarn und der beauftragte Overnight-Kurier das Dokument heranschaffen. Doch heute, fünf Tage und 92 Euro später, ist Paula verständlicherweise misstrauisch. Vor allem, da morgen Abend bereits unser Flieger zurück geht. Für Probleme haben wir folglich keine Zeit.

«Außerdem haben Sie vergessen, hier Ihre Anschrift in Serbien anzugeben.» Frau Petrović, die sich mit dem Fehlen des Personalausweises offenbar abgefunden hat, tippt jetzt energisch mit dem Fingernagel auf eine leere Zeile in meinem mitgebrachten Formular.

«Weil ich keine habe.»

«Aber wo sind Sie denn gemeldet?»

«In Deutschland. Seit 30 Jahren. Deshalb stelle ich ja auch diesen Antrag auf Ausbürgerung. Meine deutsche Anschrift finden Sie weiter unten.»

Ordnung muss sein

Irritiert blickt Frau Petrović zwischen mir, dem Ausbürgerungsantrag und meinem Reisepass hin und her, dann deutet sie auf einen Eintrag im Pass. «Aber hier ist doch eine Inlandsadresse angegeben.»

«Mag sein, aber da wohne ich nicht mehr. Denn ich wohne ja jetzt in Deutschland», wiederhole ich, und mein Tonfall klingt bereits etwas leiernd. «Seit 30 Jahren.»

«Und wer wohnt jetzt unter der angegebenen Adresse?»

Himmel, woher soll ich das wissen? «Keine Ahnung. Ich war schon lange nicht mehr dort. Wie gesagt, schon seit genau 30 Jahren nicht mehr.»

Jetzt ist D. Petrović endgültig mit ihrer Geduld am Ende. Vehement schüttelt sie den Kopf und pocht gleichzeitig noch einmal nachdrücklich auf das Formular. «Aber ich kann diese Zeile nicht leer stehen lassen. Hier muss eine Inlandsadresse eingetragen werden.»

Natürlich. Bürokratie ist international. Offenbar habe ich meine Landsleute in Sachen Pedanterie unterschätzt. «Dann nehmen Sie doch diese!», schlage ich vor und poche nicht minder vehement auf den Eintrag in meinem Reisepass.

Einen Moment herrscht Stille, und ich traue mich kaum, meine Frau anzuschauen. Ich weiß, was Paula mir vorwerfen würde: In offiziellen Dokumenten lässt man keine Zeile leer stehen. So lauten die Regeln. Als angehender Deutscher sollte man so etwas wissen.

Als ich mich schon frage, wie schnell man sich in Serbien wohl eine Inlandsadresse zulegen kann und was das kostet, geschieht das Unfassbare: D. Petrović gibt nach. Seufzend greift sie sich einen Stift und überträgt die Adresse aus meinem Pass in das Formular.

MIA MORGOWSKI

Aber die Kuh ist noch nicht vom Eis. «Um Ihren Antrag bearbeiten zu können, brauche ich außerdem eine Bescheinigung vom Finanzamt, dass Sie keine Steuerschulden haben», erfahre ich. Sie sieht kurz hoch und macht eine diffuse Handbewegung in Richtung Fenster. «Das Gebäude finden Sie gleich links um die Ecke. Außerdem benötige ich ein polizeiliches Führungszeugnis vom Gericht.» Wieder ein Handwedeln. «Das finden Sie rechts um die Ecke. Dann möchte ich noch eine Kopie Ihrer mitgebrachten Urkunden und von Ihrem Pass.» Jetzt deutet sie hinter ihren Rücken, wo sich offenbar der Copyshop befindet. «Und – ganz wichtig – den abgestempelten Beleg, dass Sie die 27 000 Dinar Ausbürgerungsgebühr entrichtet haben. Das können Sie gleich gegenüber erledigen.»

Zur Kontrolle, ob alle Informationen angekommen sind, sieht D. Petrović jetzt Paula an. Mir traut sie offenbar nichts mehr zu.

Meine Frau versucht tapfer, sich ihre Vokabelschwäche nicht anmerken zu lassen. Mit einem Blick, so unterwürfig, wie ich ihn noch nie an ihr gesehen habe, nickt sie verständnisvoll.

Draußen vor der Tür wandelt sich Paulas Unterwürfigkeit allerdings sekundenschnell in Argwohn. «Fehlt etwa noch etwas?», will sie von mir wissen und meint damit eigentlich: Dir ist klar, dass wir nur heute Zeit haben.

«Reg dich nicht auf, mein Schatz, es ist alles in bester Ordnung. Ich muss nur noch ein paar Kopien machen. Außerdem kurz zum Finanzamt und zum Gericht, um dort jeweils ein klitzekleines Formular abzuholen. Dann bei der Bank etwas einzahlen und alles hier wieder abliefern. Ein Kinder-

Ordnung muss sein

spiel.» Ich kann jetzt wirklich keine nervöse Frau an meiner Seite gebrauchen.

Doch Paula bleibt skeptisch. Sie weiß, dass Männer im Allgemeinen und Südländer im Besonderen ein sehr spezielles Verhältnis zur Uhrzeit haben. «Bist du sicher? Um 14 Uhr 30 schließt diese Behörde nämlich.»

Woher weiß sie das nun wieder? Ich winke ab. «Wir haben gerade mal 10 Uhr 30. Das schaffen wir locker. Um 14 Uhr sitzen wir längst wieder im Auto Richtung Belgrad. Vielleicht wartest du irgendwo in einem Café, bis ich fertig bin?»

Paula sieht mich an, als hätte ich vorgeschlagen, sie solle schon mal ohne mich nach Hause fliegen. Wohl wissend, dass Männer im Allgemeinen und der Südländer im Besonderen dazu neigen, kurze Zwischenstopps in Bars einzulegen und dabei die Zeit aus den Augen zu verlieren, schüttelt sie den Kopf. «Ich komme lieber mit.»

10 Uhr 40. Copyshop. Der Laden ist schnell gefunden und die Kopien schnell gemacht. Schon kann auf unserer Liste der erste Punkt gestrichen werden. Wer sagt's denn.

10 Uhr 45. Finanzamt. Trotz seiner unscheinbaren Fassade finden wir das Gebäude auf Anhieb. Noch besser ist: Im Gegensatz zur Einwohnerabteilung herrscht hier kaum Betrieb. In dem rechteckigen Raum im Erdgeschoss sitzen vier Männer hinter vier Schaltern, die eigentlich aus einem einzigen Tresen bestehen und nur zum Kundenbereich durch eine Glasscheibe abgetrennt sind. Zwischen den Männern gibt es keine nennenswerte Abtrennung, dennoch hat jeder seinen Arbeitsbereich individuell gestaltet: Ablagefächer für Formulare, Büroequipment und jeweils ein dekorativer

Kalender, der offenbar Einstellungsbedingung ist und vermutlich etwas mit dem südländischen Zeitmanagement zu tun hat.

Ich wähle den dritten Mann in der Reihe aus, weil hinter ihm ein Kalender mit Fußballmotiven hängt. Durch die Scheibe frage ich, wer für meine Bescheinigung in Steuersachen zuständig ist.

«Schalter 2», sagt er und deutet auf den Kerl neben sich. Ich trete einen großen Schritt nach links, hin zu einem Mann mit Pferdekalender. Obwohl er meine Frage und somit den Grund meines Anliegens gehört haben muss, stellt er sich unwissend. Auf erneutes Nachfragen schiebt er mir ein Formular durch den Schlitz zu, das ich ausfüllen und an Schalter 4 abgeben soll.

Meine tief verwurzelte Abneigung gegen Behörden verstärkt sich spontan, als ich feststelle, dass die Schriftzeichen auf dem Formular kyrillisch sind. Für mich leider schwer zu entziffern. Entsprechend lange dauert das Ausfüllen der sechs Zeilen. Fünfzehn Minuten später habe ich es dennoch erledigt und gebe das Blatt ordnungsgemäß an Schalter 4 bei einem Fernfahrertypen mit Kuhkalender ab.

Er knallt einen Stempel auf den Zettel und schiebt das Dokument zurück. «Das macht 140 Dinar.»

«Äh ... Moment.» Ich krame in meinem Portemonnaie.

«Nicht hier. Die Summe müssen Sie bei der Bank einzahlen. Den abgestempelten Beleg geben Sie dann zusammen mit diesem Formular bei meinem Kollegen ab.» Er deutet auf Schalter eins, hinter dem ein Kerl mit Heiligenkalender sitzt, bei dem sich gerade eine längere Schlange bildet.

Ich brauche einen Moment, um die Information sacken

Ordnung muss sein

zu lassen. 140 Dinar entsprechen etwa einem Euro und zwanzig Cent. Dafür zur Bank zu gehen und eine Quittung zu holen, empfinde selbst ich als zeitliches Missmanagement. Doch ich verkneife mir einen Kommentar. «Und ... wo ist die Bank?»

«Links um die Ecke.»

Genervt drehe ich mich zu Paula um. Ihre Stirn ist eine einzige Kraterlandschaft. «Gehen wir jetzt zum Gericht?»

«Nein, zur Bank.»

«Zur Bank?!? Warum das?»

«Eine Gebühr einzahlen.» Die amtliche Summe von 1,20 Euro verschweige ich ihr lieber.

Paula sieht mich auch so schon unglücklich an. «Es ist schon zwanzig nach elf. Wir sollten uns ein bisschen beeilen.»

«Wir schaffen das, mein Schatz. Bleib ganz ruhig.»

«Ich bin die Ruhe selbst. Ich frage mich nur langsam, wer das alles erledigt hätte, wenn wir den Antrag in Hamburg beim Konsulat abgegeben hätten.»

Das ist eine gute Frage. Vermutlich niemand. Irgendwo habe ich mal gelesen, dass man in Deutschland auch ohne Formulare eingebürgert wird, sollte die Bearbeitungszeit insgesamt zwei Jahre überschreiten. Das scheint also schon mal vorgekommen zu sein.

11 Uhr 30. Die Schlange am einzigen geöffneten Schalter der Bank windet sich einmal durch den gesamten Vorraum. Es ist furchtbar eng hier. Paula stöhnt. «Gibt es im Ort denn keine zweite Filiale?» Sie spricht so laut, als rechne sie damit, dass, falls ich es nicht weiß, einer der Anwesenden weiterhelfen könnte. Doch niemand versteht sie.

MIA MORGOWSKI

«Keine Ahnung», erkläre ich resigniert, «aber selbst wenn – vermutlich wäre dort genauso viel los.»

Das scheint Paula einzuleuchten. Eine Weile stehen wir schweigend in der Schlange, dann sagt sie unvermittelt: «Ich muss mal.»

Auf meiner Stirn bilden sich Schweißperlen. *Ich muss mal* ist ein Satz, den kein Mann gerne hört. Schon gar nicht, wenn er unter Zeitdruck steht. Und erst recht nicht, wenn seine Frau zwar nach der Toilette fragen, die Antwort aber nicht verstehen kann.

«Hältst du es noch aus, bis wir wieder beim Finanzamt sind? Dort gibt es mit Sicherheit eine Toilette.»

Paula nickt tapfer. Noch scheint es nicht so dringend zu sein.

Das Einzahlen verläuft reibungslos. Dann kommt mir eine Idee. «Für meine Ausbürgerung muss ich auch noch eine Gebühr in Höhe von 27 000 Dinar einzahlen», erkläre ich der Dame an der Kasse. «Haben Sie dafür entsprechende Formulare? Dann würde ich das nämlich auch gleich erledigen.» Und während ich mich insgeheim für diese zeitsparende Taktik beglückwünsche, sagt mein Gegenüber: «Leider nein. Dafür ist die Post zuständig.»

Wäre ja auch zu schön gewesen. «Klar ... und wo ist die Post?»

«Im Ortsamt.»

Ah. Das kenne ich, da waren wir schon. «Und wurde die Post auch ausgelagert auf die Polizeiwache?» Lieber gleich mal nachfragen, ich schlauer Fuchs!

Doch ich ernte einen mitleidigen Blick. «Wie wollen Sie denn eine Post auslagern?»

Ordnung muss sein

Harrrr. Frauen – denen fehlt es immer am nötigen Vorstellungsvermögen. «Also, weil doch auch das Einwohner –»

«Die Post ist im Ortsamt. Wie ich schon sagte ...»

«Okay, das habe ich jetzt verstanden. Vielen Dank.» Ich schnappe mir den abgestempelten Einzahlungsbeleg über die 140 Dinar und ziehe die verdutzte Paula hinter mir her.

«Jetzt müssen wir kurz noch zur Post», erkläre ich ihr. «Die Ausbürgerungsgebühr einzahlen.»

«Konntest du das denn nicht gleich hier einzahlen?»

Offenbar hält meine Frau mich eher nicht für einen schlauen Fuchs. «Nein, konnte ich nicht», gebe ich leicht pikiert zurück. «Sonst hätte ich es mit Sicherheit gemacht.»

«Schon klar», lenkt Paula ein, aber ich weiß genau, was sie denkt: Mag sein, dass du ein Kärchergerät bedienen und *Hoch auf dem gelben Wagen* singen kannst, aber zeitsparendes Arbeiten ist nun wirklich nicht dein Steckenpferd.

11 Uhr 55. Ich spreche mir im Geiste Mut zu. Noch ist alles zu schaffen. Allerdings ist die Lage auf dem Ortsamt nicht mehr so entspannt wie am Morgen. Der zahnlückige Pförtner ist futsch, weswegen ich mich zweimal an der falschen Schlange anstelle. Dann erwische ich endlich den Postschalter und bekomme dort einen Zahlschein zum Selbstausfüllen überreicht.

«Sie wissen nicht zufällig, wen ich für meine Ausbürgerung als Zahlungsempfänger angeben muss?», frage ich die Sachbearbeiterin, auf deren Schreibtisch ein Kalender mit Kochrezepten steht.

«Leider nicht», sagt sie, fügt dann aber, während sie ein Telefonat entgegennimmt und gleichzeitig in einer Schublade nach einem Schokoriegel kramt, hinzu: «Im Einwohneramt, also momentan bei der Polizei, finden Sie im ersten Stock exemplarische Formulare für diverse Zwecke aushängen. Da müssen Sie nur abschreiben.»

Verstehe. Ich habe also quasi eine halbe Stunde umsonst in der Schlange gestanden. Der deutsche Teil meines Gemüts ist kurz davor, die Beherrschung zu verlieren.

12 Uhr 25. Zurück beim Finanzamt. Paula beschwert sich. Ihre Blase sei inzwischen randvoll, außerdem habe sie Durst. Eine ungünstige Kombination. Ich motiviere meine Frau mit einem Kuss und ziehe sie zu Schalter 1, dem Fernfahrer mit dem Heiligenkalender. Er nimmt den Einzahlungsbeleg über die 140 Dinar und den vorhin bereits ausgefüllten Zettel entgegen. Im Gegenzug schiebt er mir zwei neue Formulare rüber.

«Haben Sie die schon ausgefüllt?»

Soll das ein Witz sein? Entgeistert starre ich auf die neuen Fragebögen. Wieder alles auf Kyrillisch. Wieder werden dieselben Angaben zur Person gefordert. Nur ist es dieses Mal ein Zettel in Querformat, damit auch ja niemand auf die Idee kommt, einfach hundert Kopien zu machen und dadurch drei Stunden Zeit zu sparen.

Ich schlucke meinen Ärger runter und fülle stumpf die Zeilen aus. Der Schalter-eins-Mann nickt schließlich zufrieden. «Sehr schön», lobt er, «jetzt haben wir alles. Sie können Ihre Steuerbescheinigung in einer Woche abholen.»

Mir weicht das Blut aus dem Gesicht. In einer Woche? Ausgeschlossen! Der Mann scheint mein Unbehagen zu spüren. «Also, ich weiß ja nicht, wie schnell die Beamten in Deutschland arbeiten», erklärt er schulterzuckend, «aber hier dauert nun mal alles seine Zeit.»

Ordnung muss sein

Ja, das war mir auch schon aufgefallen. «Verstehe», gebe ich, so freundlich es mir unter den gegebenen Umständen noch möglich ist, zurück. «In einer Woche bin ich allerdings bereits wieder in Deutschland. Genau genommen fahre ich schon morgen.»

Der Sachbearbeiter wirft einen Blick auf seinen Heiligenkalender. Dann fragt er in einem Anflug von Nächstenliebe: «Haben Sie hier in der Stadt heute noch etwas zu erledigen?»

Das kann man wohl sagen. «Ich muss noch zum Gericht.»

Ein kryptisches Lächeln huscht über sein Gesicht. «Gut. Dann gehen Sie und kommen danach wieder her. Bis dahin sollten wir Ihre Urkunde fertig haben.»

Ungläubig starre ich ihn an. Was soll man nun dazu sagen? Ich meine, das Gericht ist gleich um die Ecke. In spätestens einer halben Stunde wäre ich zurück, ein signifikanter Unterschied zu einer Woche. Aber südländisches Zeitmanagement hat eben auch etwas Gutes.

«Warst du auf der Toilette?», frage ich Paula, die etwas verloren mitten im Raum steht. «Nein, hier arbeiten nur Männer mit Tierkalendern. Hier gehe ich nicht aufs Klo», sagt sie und kontert sogleich mit einer Gegenfrage, als sie bemerkt, dass meine Hände leer sind: «Wo ist denn deine Steuerbescheinigung?»

«In Bearbeitung. Wir gehen jetzt erst mal zurück, um das Formular für die Ausbürgerung auszufüllen.»

Meine Frau nickt kraftlos. So langsam scheint sie den Überblick zu verlieren. Gut so.

12 Uhr 50. Zurück in der Einwohnerabteilung bei der

Polizei. Ich durchforste sämtliche Wände der oberen Etage und finde etwa zwanzig verschiedene Formulare. Allesamt auf Kyrillisch. Allesamt vergilbt und unlesbar.

Ich beschließe, Frau Petrović aus dem Erdgeschoss um Hilfe zu bitten.

Kurz müssen Paula und ich warten, dann ist der Raum frei. «Ich kann das exemplarische Formular nicht lesen», gebe ich kleinlaut zu und bin froh, dass meine Frau mich nicht verstehen kann. «Es ist alles ausgebleicht. Außerdem», ich senke die Stimme, «sind meine Kyrillischkenntnisse nicht so gut. Ich bräuchte Hilfe.»

D. Petrović wirft Paula einen mitleidigen Blick zu, als wolle sie ihr signalisieren: Normalerweise bringt unser Land intelligentere Männer hervor.

Ich starre an ihr vorbei auf das Bergpanorama ihres Kalenders und wünschte, ich könnte mich auf der Stelle dort hinbeamen. Aber vermutlich bräuchte ich mit meinem serbischen Pass ein Visum.

Doch Frau Petrović hat Mitleid mit mir. Oder mit Paula. Eventuell hat sich auch nur das Bergpanorama positiv auf ihr Gemüt ausgewirkt, denn mit auffordernder Geste verlangt sie nun das Formular, das man mir auf der Post ausgehändigt hat, zurück und füllt es kurzerhand selbst aus. Ich staune nicht schlecht, wie schnell sie ist.

Inzwischen habe ich dummerweise wieder vergessen, wo ich den ausgefüllten Wisch nun abgeben und die Summe einzahlen soll.

«Gegenüber», erklärt D. Petrović augenrollend auf meine Nachfrage.

«Also, gegenüber von diesem Haus auf der anderen Sei-

Ordnung muss sein

te?», wiederhole ich zur Sicherheit. «Liegt das zufällig auf dem Weg zum Gerichtsgebäude?»

Stand Frau Petrović am Anfang unserer Begegnung noch gleichgültig meiner Entscheidung gegenüber, dieses Land verlassen zu wollen, sieht sie jetzt aus, als sei sie froh, Menschen wie mich loszuwerden. «Ich meinte im Zimmer gegenüber. Raum 43.» Mit einem auffordernden Kopfnicken beendet sie unser Gespräch.

Paula fragt schon gar nicht mehr, was wir als Nächstes machen. Willenlos humpelt sie mir hinterher. Zur Toilette traut sie sich aber auch hier nicht. Der Mann mit der Shotgun steckt ihr noch in den Knochen.

13 Uhr 05. Wir betreten den gegenüberliegenden Raum. Etwa 20 Quadratmeter werden von 70 Personen belagert, von denen 65 ein Autokennzeichen mit sich herumtragen. Entsprechend dünn ist die Luft.

An einer kurzen Seite des Raums entdecke ich den Zahlschalter. Drei Männer warten vor mir, dann bin ich an der Reihe. Ich überreiche einer Dame mit Brille und Bartansatz mein ausgefülltes Formular und die 27 000 Dinar Ausbürgerungsgebühr.

«Von wem haben Sie das Formular?», will sie wissen und begutachtet skeptisch das Papier und anschließend mich.

«Von gegenüber. Von Frau Petrović. Sie hat es für mich ausgefüllt.» Besser gleich mal klarstellen, dass hier eine Kollegin am Werk war. Nur für den Fall, dass da etwas nicht stimmen sollte.

Meine neue Sachbearbeiterin gibt ein verächtliches Grunzen von sich. Ihr Bärtchen kräuselt sich, als sie mit Schwung den Zettel zerreißt.

MIA MORGOWSKI

Ich zucke zusammen. Übersprungsartig werfe ich meiner Frau einen Blick zu, was ich besser nicht hätte tun sollen. Auch Paula wirkt jetzt nämlich so, als würde sie gern etwas in Stücke reißen: mich.

«Frau Petrović hätte wissen müssen, dass wir hier unsere eigenen Formulare haben», sagt die Bärtige und fischt aus einem Regal einen neuen Zahlschein. Der Einfachheit halber füllt sie diesen gleich selbst aus. «Damit gehen Sie jetzt zur Post. Dort können Sie das Geld einzahlen.»

Ich kneife mich in den Unterarm. Bin ich in eine Zeitschleife geraten? Wieso denn zur Post, ich denke, dies ist der Kassenschalter?

Als könne sie meine Gedanken lesen, sagt die Sachbearbeiterin jetzt: «Das macht 35 Dinar. Die können Sie gleich hier einzahlen.»

Ist klar. Die Summe dürfte etwa 30 Cent entsprechen. Ob ich dafür wohl auch eine Quittung bekomme?

Dankbar, dass ich zum Einzahlen dieser immensen Gebühr nicht extra zur Zentralbank nach Belgrad muss, zähle ich das Geld ab und reiche ihr die Münzen. Tatsächlich bekomme ich sogleich den von ihr ausgefüllten Einzahlungsbeleg zugeschoben. Er ist nahezu identisch mit dem von Frau Petrović.

Langsam frage ich mich, ob es überhaupt schon mal jemand überlebt hat, sich ausbürgern zu lassen. Eines jedenfalls weiß ich: Stünde in diesem Moment der Typ mit der Shotgun neben mir – ich könnte für nichts garantieren.

Paula nimmt mir den Einzahlungsbeleg aus der schlaffen Hand. «Und was ist *das* jetzt?», will sie wissen und hört sich dabei an, als befürchte sie, dass ich mit meiner deutschen

Ordnung muss sein

Korrektheit nur über mein desolates Erbgut hinwegtäuschen will.

«Dies ist der Einzahlungsbeleg für die Ausbürgerungsgebühr. Damit müssen wir jetzt zur Post.»

«Müssen wir denn gar nicht mehr zum Gericht?»

«Doch. Natürlich. Das machen wir danach.»

13 Uhr 30. Wieder auf der Post. Die Dame am Eckschalter hängt noch immer am Telefon. Während sie ihrem Gesprächspartner Anweisungen erteilt, eine Praline aus giftgrünem Stanniolpapier wickelt und sich diese anschließend in den Mund schiebt, nimmt sie kommentarlos meinen Einzahlungsbeleg entgegen. Kauend zählt sie die 27 000 Dinar nach, stempelt den Beleg ab und verabschiedet mich mit einem Kopfnicken.

Ich kann mein Glück kaum fassen. Geschafft! In nur acht Minuten, unglaublich!

«Vielleicht sind die beim Finanzamt bereits mit meiner Bescheinigung fertig», sage ich zu Paula und strahle sie an. «Dort schauen wir zuerst vorbei. Danach noch schnell zum Gericht – und wir sind fertig. Hat vielleicht insgesamt etwas länger gedauert, aber egal. Gleich ist alles erledigt.»

Sie lächelt verkrampft. Frauen bleiben ja bekanntlich bis zum Schluss skeptisch. Oder ist es ihre volle Blase?

13 Uhr 45. Beim Finanzamt. Meine Bescheinigung über nicht vorhandene Steuerschulden ist tatsächlich fertig. Nach zehnminütigem Suchen wurde sie sogar gefunden. Allerdings nicht beim Schalter-eins-Mann mit dem Heiligenkalender, sondern bei Schalter 2, dem Kerl mit dem Pferdekalender. Zum Glück muss ich deshalb aber kein weiteres Formular ausfüllen.

MIA MORGOWSKI

14 Uhr. Paula und ich stehen vor dem Eingang des Gerichts. Endspurt! Es ist ein imposantes Gebäude neueren Baujahrs mit großen Glasfenstern und einer Art Balkon, der von vier Säulen getragen wird. Fünf Stufen führen zu einer gläsernen Eingangstür. Leider ist sie verschlossen.

Paula jault auf. «Wie kann hier geschlossen sein, da sind doch Leute drin?»

«Keine Ahnung.» Ich fühle Übelkeit in mir aufsteigen. Wenn wir jetzt aufgeben müssen, wäre alles umsonst gewesen. Dann hätte ich das Geld für die Reise besser gleich in ein neues Kärchergerät gesteckt. Oder in eine Shotgun.

«Schau doch mal, der Typ da winkt dir zu.» Paula tippt mit dem Finger gegen die Scheibe.

Tatsächlich, drinnen steht ein uniformierter Beamter, der wilde Zeichen in meine Richtung macht. Was er mir wohl sagen will? Dass sie im Gericht überfallen wurden und ich Hilfe holen soll? Oder dass das Gebäude in fünf Sekunden gesprengt wird und Paula und ich besser in Deckung gehen sollten?

Seine Gesten werden wilder, und ich weiche unwillkürlich einen Schritt zurück. Uniformierte Beamte flößen mir sowieso schon Angst ein, aber wenn sie dann noch wie verrückt vor einem rumfuchteln, wird mir ganz anders.

Als der Kerl plötzlich einen Satz in Richtung Tür macht und sie mit Wucht von innen aufstößt, verstecke ich mich vor Schreck hinter Paulas Rücken.

«Sie müssen das Biest anheben!», brüllt er meine Frau an und kickt mit dem Fuß gegen den Metallrahmen der Glasscheibe. «Klemmt etwas.»

Ordnung muss sein

Unsanft zieht er uns mit seinen kräftigen Armen ins Gebäude und verlangt, dass wir durch eine Sicherheitsschleuse gehen. Wie es zu erwarten war, lösen wir Alarm aus. Als ich schon befürchte, mich bis auf die Unterhose ausziehen zu müssen, werden Paula und ich durchgewinkt.

«Ist nur Metall-Alarm», brummt der zuständige Sicherheitsbeamte an der Schleuse und blickt gelangweilt von seiner Zeitung auf. «Gehen Sie einfach weiter.»

Metall-Alarm, soso. Was andernorts für die Evakuierung eines Wolkenkratzers gesorgt hätte, stört hier offenbar niemanden. Aber klar, man muss Prioritäten setzen. In diesem Land legt man auf andere Dinge Wert. Auf vorschriftsmäßig ausgefüllte Formulare beispielsweise.

Und mit Formularen geht es dann auch gleich fröhlich weiter. Schalter 1: Formular abholen. Ausfüllen. Ausgefülltes Formular bei Schalter 2 abgeben. 290 Dinar einzahlen. (Immerhin: Wir wurden nicht zur Bank geschickt!). Den abgestempelten Zahlschein entgegennehmen und zurück damit zu Schalter 1.

«Ihr polizeiliches Führungszeugnis ist morgen früh um zehn Uhr fertig», sagt ein Mann mit kalenderfreier Arbeitsumgebung.

Okay, denke ich, morgen um zehn. Das ist natürlich viel zu spät, aber Zeitangaben sind hier ja bekanntlich Verhandlungssache. Da geht mit Sicherheit noch was.

«Ich bin leider nur diesen einen Tag hier im Ort», bringe ich vorsichtig hervor und gebe meinem Gesichtsausdruck eine besonders flehende Note. Vergeblich. Der Mann an Schalter 1 lässt nicht mit sich handeln. Im Gegenteil. Er blickt mich an, als wolle er mich wegen Bestechung eines

Staatsbeamten verhaften. «Wir haben erst nach dem Publikumsverkehr Zeit, die Anträge zu bearbeiten. Sie können froh sein, dass momentan Urlaubszeit ist und wir entsprechend wenig zu tun haben. Sonst würde es bis zu einer Woche dauern.»

Das war es also. Der Todesstoß.

Im Zeitlupentempo dringt die Botschaft zu mir durch. Morgen. Einen Tag zu spät. Das ganze Gehetze war umsonst. Ich würde meinen Antrag heute nicht mehr bei Frau Petrović abgeben können. Meine Ausbürgerung verschiebt sich um weitere 30 Jahre. DAS hätten die vom Konsulat vielleicht auch hinbekommen.

«Was hat er gesagt?», will meine Frau mit dem untrüglichen Gespür für Katastrophen wissen. «Drucken sie dir das Zeugnis nun aus? Oder hast du was verbrochen?»

«Nicht doch», wiegele ich ab und versuche gleichzeitig, Zeit zu gewinnen. «Es wird hier nur etwas länger dauern.»

Paula schluckt schwer. «Was genau meinst du mit *etwas*? Eine Stunde? Zwei? Wir müssen doch in zehn Minuten alles abgegeben haben. Um 14 Uhr 30 schließt das Amt!»

Ich räuspere mich und schiebe meine Frau aus dem Gerichtsgebäude. Dabei presse ich tonlos hervor: «Daraus wird leider nichts. Das Dokument ist erst morgen fertig.»

Paulas Augen werden riesig. «Morgen?!? Aber morgen sind wir bereits zurück in Hamburg!»

«Ich weiß. Wobei ... Eigentlich fliegen wir ja erst am Nachmittag und ...» Blitzschnell rechne ich alles durch. «Ich könnte morgen früh noch einmal herkommen, das Formular abholen und alle Unterlagen bei Frau Petrović abgeben. Dann wäre ich um 12 Uhr zurück in Belgrad, und wir hätten

Ordnung muss sein

sogar noch Zeit, gemeinsam Mittag zu essen. Um 15 Uhr sitzen wir dann im Flieger.»

Ich sehe, wie es in Paulas Hirn arbeitet. Noch einen Tag Unsicherheit, ob ihr Mann alles rechtzeitig schaffen wird. Dazu einen weiteren Tag den Leihwagen mieten. Addiert man alle Kosten, die bislang angefallen sind, wäre es vermutlich günstiger gewesen, eine Ausbürgerungsurkunde auf dem Schwarzmarkt zu kaufen. Einen Moment befürchte ich, meine Frau könne zu einer Grundsatzdiskussion über südländisches Finanzmanagement ansetzen, doch dann scheint sie die Aussichtslosigkeit der Lage zu erkennen.

Sie zuckt mit den Schultern. «Wenigstens kann ich jetzt endlich auf die Toilette gehen.»

«Und ein Feierabendbier trinken», füge ich erleichtert hinzu und deute auf ein Café am Straßenrand, das wir sogleich ansteuern. Ich will gerade den Arm um sie legen, als Paula plötzlich stehen bleibt.

«Guck mal, ist das dort nicht unser Auto?»

In der Tat. Auf der gegenüberliegenden Straßenseite ist gerade ein Polizist im Begriff, forsche Anweisungen in ein Funkgerät zu sprechen und dabei ein Ticket hinter unseren Scheibenwischer zu klemmen.

Der wird doch nicht etwa den Abschleppwagen bestellen? Aufgebracht hechte ich über die Straße und reiße das Ticket an mich. «Lassen Sie mich raten», fauche ich den Beamten unangemessen barsch an, «ich hätte mir gegen Gebühr ein Formular bei der Post holen müssen, um dieses bei der Zulassungsstelle abstempeln zu lassen, um dann bei der Bank die Parkgebühr zu entrichten.» Wütend zerknülle ich den Zettel.

Der Beamte blickt mich befremdet an. «Ein Formular ausfüllen? Das macht doch kein Mensch mehr.» Verständnislos
schüttelt er den Kopf und deutet auf das rot-blaue Schild vor
unserem Wagen. «Sie hätten nur eine SMS mit Ihrem Kennzeichen an die abgebildete Nummer schicken müssen – und
die Parkgebühr wäre von Ihrer Telefonrechnung abgebucht
worden.»

Ich starre ihn mit großen Augen an. «Und jetzt?»

«Jetzt ist es in der Tat erforderlich, dieses Formular auszufüllen», er deutet auf das zerknitterte Strafticket in meiner Hand, «und die Gebühr bei der Bank einzuzahlen.» Er
räuspert sich. Statt auf Serbisch fügt er nun in fehlerfreiem
Deutsch hinzu: «Wissen Sie, früher war man hier nicht so
pedantisch. Aber ich habe lange in Deutschland gelebt und
bei meiner Rückkehr ein paar hilfreiche neue Regeln einge-
führt. Ordnung muss nun mal sein.»

Stefan Schwarz

....

Mein Eifon

Männer, die auf Bildschirme starren. Ich bin einer von ihnen.

Meine Frau und ich sitzen beim Abendbrot. Ich starre auf mein Eifon. Meine Frau sagt, sie war beim Friseur. Ich sage ihr, sie soll mir ein Bild schicken. Ich muss auf mein Eifon starren. Meine Frau fragt mich lieber, wie mein Tag war. Ich murre. Langsam. In Absätzen.

«Ich war … heute … wieder … ein…»

«Einkaufen!», rät meine Frau.

«Nein», sage ich, «ich war heute wieder einmal … d…»

«Depressiv!», unterbricht sie.

«Ich war heute», setze ich noch einmal an, «wieder einmal drauf und dran, mein Ei…»

«Einverständnis zu erklären», weiß mein Weib.

«Herrgott», fluche ich, «ich war heute wieder einmal drauf und dran, mein Eifon an die Wand zu schmeißen, weil es mich beim SMS-Tippen immer wieder mit schwachsinnigen Vorschlägen korrigiert hat.»

«Ach das», meint meine Frau beschämt.

Mein Problem ist folgendes: Ich telefoniere nicht gerne. Telefonieren ist mir zu redundant. Es bestehen Höflichkeitszwänge. Schon der Anfang. Dauernd muss man sagen «Hallo! Ich bin's! Mmh? Na, ich! Hast du mal fünf Minuten? Wirklich nur fünf Minuten. Sag, wenn es ungelegen ist! Du

Mein Eifon

195

hörst dich so gestresst an! Störe ich dich wirklich nicht? Wer lacht da im Hintergrund? Ich kann auch später anrufen! Nein? Gut, ich fasse mich kurz. Bei dir ist alles wohlauf? Und die Kinder? Alle gesund? Ja, mir geht es auch gut. Also, es geht um die Sache, die ich dir letztens schon mal angedeutet habe ...» Wir brauchen die Wörter nicht im Einzelnen nachzählen. Es sind in jedem Fall zu viele. Fügen wir dann noch eine halbwegs verbindliche Verabschiedung hinzu, kommen wir auf mindestens eine Minute sachfremden Sozialgeschmuses, an dem sich das kapitalistische Fernmeldewesen dumm und dämlich verdient.

Echtzeitkommunikation wird insgesamt überschätzt. Es mag Ausnahmen geben wie den Telefonsex. Aus nachvollziehbaren Gründen funktionierte Fernsex im Zeitalter der reitenden Boten noch nicht so richtig, weil ein Herold, der morgens im königlichen Schlafzimmer ein Pergament aufrollt und verkündet: «Eine Botschaft aus Bad Ems, mein König! Die Königin erlaubt sich kundzutun, dass sie unten rum erregt ist, und erwartet Ihro Gnaden Antwort!» kaum dazu taugt, sich so richtig «aufzuschaukeln», wie Orgasmusfachleute das nennen.

Aber ansonsten: Wie viel Leid hat spontanes Antworten schon verursacht. Das meiste, was Menschen zu besprechen haben, gewinnt durch Abwarten, Nachdenken und wohl überlegtes Formulieren. Deswegen simse ich. Gerne auch mit Abkürzungen.

Aber diese schöne ökonomische Angewohnheit treibt mich leider auch immer wieder zur Verzweiflung, seit es automatische Korrekturprogramme gibt. Denn ich bin unter anderem jemand, der gerne mal Verbalinjurien an geeignete

Adressaten verschickt. Besser gesagt: verschicken möchte. Aber das Korrekturprogramm reinigt mich mit lauter irreführenden Begriffen in den Wahnsinn.

Vermutlich wurde das automatische SMS-Text-Korrekturprogramm meines Eifons von alten amerikanischen Jungfern programmiert. Vermutlich hießen sie Eleanore und Genevieve und trugen Nickelbrillen an kleinen Ketten auf den gerümpften Nasen. «Eleanore, mein Liebes, hättest du wohl einen Vorschlag, was ich als Korrekturangebot für das scheußliche Wort ‹Motherfucker› programmieren soll?», hat die aufs äußerste unverheiratet gebliebene Genevieve gefragt, und «Ja doch, nimm ‹Mitgefühl›, ich würde entschieden für das Wort ‹Mitgefühl› plädieren, es ist ein durch und durch christliches Wort, Genevieve!», hat Eleanore geantwortet.

So kam es, dass ich eine wütende SMS an meinen nervigen Chef vom Dienst schickte, die da lautete: «Lex mich, verdammter Mitgefühl! Du bist eine blöde Foto!» Mit der Folge, dass sich der eigentlich Herabzuwürdigende nicht nur nicht ausreichend beschimpft fühlte, sondern stattdessen auch mit anderen Kollegen darüber zu sprechen begann, dass ich nervlich angegriffen sei, womöglich nicht die Konstitution für meine derzeitige Stellung hätte und eine Versetzung ins Archiv Abhilfe und Linderung verspräche.

Natürlich hätte ich auch im Hochgefühl der Raserei die vorgeschlagene Korrektur mit einer Fingerspitze abwählen und mich weiter am Tippen des Wortes «Motherfucker» versuchen können, aber Wut und Sorgfalt wohnen an zwei verschiedenen Ufern des reißenden Stroms, den wir Leben nennen.

Mein Eifon

Wir müssen jedoch nicht in die schwindelnden Abgründe malediktologischer Textproduktion schauen, um zu erkennen, dass es eines Menschen unwürdig ist, von tölpelhaften Geräten verbessert und entfehlert zu werden. Ich zum Beispiel bin ja nicht nur ein Mensch mit einer gewissen emotionalen Spannbreite, sondern auch ein bedeutender Künstler. Manchmal ersinne ich neue Wörter wie gerade heute im Ausrauchen meiner Wut das Wort «gescheitelte Existenz», mit dem ich meinen Chef vom Dienst demnächst öffentlich zu bezeichnen gedenke. Es ist ein schönes Wort, das komfortabel, weil unjustitiabel beleidigt. Solche Worte kann man nie genug parat haben. Entzückt zückte ich mein Eifon, um es in mein Notizprogramm einzugeben, weil das schnell und cool geht. Echte Notizbücher, vor allem die prahlerischen Moleskineheftchen, sind mir ein Gräuel. Die Dinger funktionieren wie ein Eignungstest. Wer solche nostalgieindustriellen Moleskinebüchlein in Bahnhofsbuchhandelskettenfilialen kauft, hat per definitionem keine originellen Gedanken, die es aufzuschreiben lohnt, und kann sich das Geld sparen. Stattdessen sollte er besser eine Schachtel «Merci» kaufen, um damit seiner sicher genauso unoriginellen Freundin eine passend unoriginelle Freude zu bereiten.

Und was machte mein Eifon nun? Es nahm das Wort einfach so hin. Zweifel fielen über mich her. Wenn mein dümmlich-gouvernantenhaftes Eifon dieses Bonmot anstandslos akzeptierte, war es wahrscheinlich doch nicht soooo originell. Warum ist im Zeitalter von Spracherkennung und Schmier- und Reagierbildschirm die Software nicht auch imstande, ein Wort als einzigartig zu kennzeichnen? Das würde mir schon besser gefallen, als mir vor lauter unerbe-

STEFAN SCHWARZ

tener Schicklichkeit aus Ben Hur einen Ben Hut machen zu lassen. Kann das Programm nicht statt öder Verbesserungsvorschläge rückfragen: «Soll das eine Neuschöpfung sein? Bist du gerade kreativ?» oder «Wow! Das hat überhaupt noch nie einer geschrieben! Gratulation!»? Von mir aus könnte die Software auch «Neologismus? Sorry, zu spät. Haben (alphabetisch) Barth, Evers, Fuchs, Gsella, Klüpfl-Kober, Morgowski, Rath, Schmitt und sogar Uschmann schon verwendet» rufen. Man will ja wissen, wo man steht. So aber sehen wir uns gegenseitig an, mein Eifon und ich. Wie neu ist «gescheitelte Existenz»?

«Wer ist jetzt der Dümmere?», lästert meine Frau.

«Keine Ahnung», sage ich. «Aber ich bin immer noch derjenige, der das Eifon an die Wand schmeißen kann. Und solange mein Eifon das nicht mit mir machen kann, ist alles in Ordnung. Verficht noch mal!»

«Wolltest du nicht ‹Verfickt› sagen?», staunt mein Weib.

Zu spät. Gegickst. Verdummter Schwanzlurch!

Die Autoren

Markus Barth arbeitete als Autor für zahlreiche Künstler und Fernsehsendungen, bevor er selbst zum Stand-up-Comedian wurde. Bekanntheit errang er durch seine Auftritte in Shows wie NightWash, Quatsch Comedy Club und «Pispers und Gäste». Weil er das «R» nicht rollen kann, lebt der gebürtige Franke seit 1999 im Kölner Exil. Nach seinem ersten Buch *Der Genitiv ist dem Streber sein Sex ... und andere Erkenntnisse aus meinem Leben 2.0.* (rororo 25514) erschien im Oktober 2012 *Mettwurst ist kein Smoothie: Und andere Erkenntnisse aus meinem Großstadtleben* (rororo 25856).

Martina Brandl, Komikerin und Sängerin, trat zunächst als musikalischer Gast auf Lesebühnen auf und schrieb dann selbst Kurzgeschichten. Sie tourt seit 1997 mit ihren Kabarett-Programmen im deutschsprachigen Raum, tritt im Fernsehen auf und moderiert regelmäßig in den Quatsch Comedy Clubs in Berlin und Hamburg. Ihre Stimme wurde im Radio durch die Kanzlerinnen-Soap *Angie – Die Queen von Berlin* bekannt. Ihre Romane *Halbnackte Bauarbeiter* und *Glatte runde Dinger* wurden zu Bestsellern. 2011 erschien ihr neuer Roman *Schwarze Orangen* und 2012 ihr neues Programm *Jedes 10. Getränk gratis – ein Selbstversuch*.

Dietrich Faber wurde 1969 geboren. Bekannt wurde er als ein Teil des mehrfach preisgekrönten Kabarett-Duos FaberhaftGuth. 2011 erschien sei Krimidebüt *Toter geht's nicht* (rororo 25825), das zum Bestseller wurde. Seine Lesungen und Buchshows wurden zu Bühnenereignissen. *Der Tod macht Schule,* Kommissar Henning Bröhmanns zweiter Fall, erschien im Herbst 2012. Der Autor lebt mit seiner Familie in der Mittelhessenmetropole Gießen. Tourneetermine und weitere Informationen: www.dietrichfaber.de und www.facebook.com/Henning.Broehmann

Der Bochumer Kabarettist und Autor **Frank Goosen** tritt seit 1992 regelmäßig auf deutschen Bühnen auf. Sein größter Romanerfolg *Liegen lernen* wurde 2003 erfolgreich für das Kino verfilmt. Zuletzt erschienen der Erzählband *Radio Heimat – Geschichten von zuhause* und der Roman *Sommerfest.* Als exzellenter Beobachter und Anhänger seiner Heimat, des Ruhrgebiets, schreibt er regelmäßig Kolumnen, u.a. für die ZEIT oder den SPIEGEL. 2010 wurde Goosen zum stellvertretenden Aufsichtsratsvorsitzenden des VfL Bochum 1848 gewählt, seit 2011 ist er Trainer einer Jugendmannschaft. Er lebt mit seiner Frau und zwei jungen Fußball-Nachwuchshoffnungen in Bochum. www.frankgoosen.de

Mia Morgowski schrieb bereits als Kind in ihren Schulheften über die Abenteuer der KnulliBullis (Plastikfiguren aus einer Erdnusspackung). Später arbeitete sie in einer Hamburger Werbeagentur. Schon ihr Debütroman *Kein Sex ist auch keine Lösung* (rororo 25551) wurde zu einem großen Erfolg und mit Marleen Lohse, Armin Rohde und Anna

Thalbach verfilmt. Von Morgowski liegen außerdem die Romane *Auf die Größe kommt es an* (rororo 25322), *Die Nächste, bitte: Ein Arzt-Roman* (rororo 25637) und *Dicke Hose* (rororo 25923) vor.

Hans Rath studierte Philosophie, Germanistik und Psychologie in Bonn. Er arbeitete u.a. als Tankwart, Bauarbeiter und Bühnentechniker, bevor er hauptberuflich mit dem Schreiben begann. Rath hat Theaterkritiken, Drehbücher und sehr erfolgreiche Romane verfasst: *Man tut, was man kann* (rororo 24941), inzwischen fürs Kino verfilmt, *Da muss man durch* (rororo 25455) und *Was will man mehr* (rororo 25582). Er lebt heute als freier Autor in Berlin. Sein aktueller Roman heißt *Und Gott sprach: Wir müssen reden* (Wunderlich).

Tex Rubinowitz, geboren 1961 in Hannover, lebt in Wien, zeichnet Witze und schreibt ein bisschen, zuletzt *Rumgurken* (rororo 25775).

Matthias Sachau ist freier Autor und lebt in Berlin. Bekannt wurde er durch Comedy-Bestseller wie *Wir tun es für Geld*, *Kaltduscher* und *Schief gewickelt* sowie dadurch, dass er ab und zu auf einem Bobbycar die Veteranenstraße runterrast. Außerdem schreibt er oft Dinge auf Twitter, die er hinterher bereut (www.twitter.com/MatthiasSachau). Um dem Ganzen die Krone aufzusetzen, geht er demnächst mit seiner Lese- und Singshow «Kaltduscher live» auf Tour. Termine und anderes erschütterndes Zeug auf www.matthiassachau.de.

Sebastian Schnoy lebt in Hamburg und hat nach der Schule den Führerschein (Kl. III) sowie den Surfschein gemacht. Seine Bücher *Smörrebröd in Napoli – ein vergnüglicher Streifzug durch Europa* (rororo 62449) und *Heimat ist, was man vermisst* (rororo 62647) waren Spiegelbestseller. Zuletzt erschien der Roman *Lass uns Feinde bleiben* (rororo 25494). Ab Mai 2013 ist sein neues Buch *Von Napoleon lernen, wie man sich vorm Abwasch drückt* (rororo 63017) erhältlich. Mit dem gleichnamigen Programm ist er bundesweit als Kabarettist auf Tour. Wann und wo, steht unter www.schnoy.de.

Frank Schulz ist gelernter Groß- und Außenhandelskaufmann und studierter Germanist. Er arbeitete als Redakteur für diverse Zeitungen, bevor er sich mit der sog. Hagener Trilogie (*Kolks blonde Bräute,* rororo 25798 / *Morbus fonticuli oder Die Sehnsucht des Laien,* rororo 25799 / *Das Ouzo-Orakel,* rororo 25800) einen Ruf und Ruhm als Schriftsteller erwarb. Zuletzt erschienen *Mehr Liebe. Heikle Geschichten* (rororo 25608) und der Roman *Otto Viets und der Irre vom Kiez.*

Stefan Schwarz schreibt monatlich Kolumnen über das Familienleben für *Das Magazin* und veröffentlichte u. a. die Kurzgeschichtensammlungen *War das jetzt schon Sex?* (rororo 25615), *Die Kunst, als Mann beachtet zu werden* und *Ich kann nicht, wenn die Katze zuschaut* (rororo 25511). Sein erster Roman, *Hüftkreisen mit Nancy* (rororo 25503), wird derzeit verfilmt. Zuletzt erschien *Das wird ein bisschen wehtun.* Schwarz lebt in Leipzig und bezeichnet sich selbst als Allerweltsjournalisten und Gelegenheitsschriftsteller.

Oliver Uschmann wurde in Wesel geboren. Er studierte in Bochum Germanistik und in der Berliner Werbebranche die Wirklichkeit. Seine Frau **Sylvia Witt** wurde in Köln geboren. Sie studierte in Düsseldorf Graphik-Design und in den Kölner Gastronomiebetrieben ihrer Mutter die Wirklichkeit. Heute lebt sie mit ihrem Mann im Münsterland. Gemeinsam erschaffen sie dort die «Hui-Welt» rund um die Romane der «Hartmut und ich»-Reihe sowie zahllose weitere Bücher. Sie haben zwei Katzen, hundert Fische und eine Teilzeittochter.

Mark Werner, geboren 1969, verdiente sein erstes eigenes Geld in einem Steinbruch und studierte folgerichtig Germanistik und Geschichte. Seit dem vergangenen Jahrhundert schreibt er als Drehbuchautor Fernsehserien und Filme. Für seine Arbeit wurde er mehrfach ausgezeichnet, unter anderem mit dem Deutschen Fernsehpreis. Werner ist außerdem Autor der Romane *Hölle, all inclusive* (rororo 24387) und *Knautschzone* (rororo 25634). Er lebt, arbeitet und faulenzt im Bergischen Land bei Köln. Mehr zu Arbeit- und Freizeitverhalten des Autors auf www.mark-werner.com.

Jenni Zylka trat als Stand-up-Comedian auf, schreibt u. a. für taz, Tagesspiegel, Spex und Spiegel Online, moderiert und sichtet für die Berlinale und hat im WDR eine eigene, mit dem Deutschen Radiopreis 2011 ausgezeichnete Literatursendung. Außerdem gehört sie zur Jury des Adolf-Grimme-Preises, hat Drehbücher und zwei lustige Romane geschrieben: *1000 neue Dinge, die man bei Schwerelosigkeit tun kann* und *Beat baby, beat!*, und fährt einen todschicken Oldtimer.

Das für dieses Buch verwendete FSC®-zertifizierte Papier
Holmen Book Cream liefert Holmen, Schweden.